सच्ची कहानी पर आधारित

दर्द की लकीर

युद्ध से शांति तक

रोज़ीना ख़ानम

BlueRose ONE.com
Stories Matter
NewDelhi • London

BLUEROSE PUBLISHERS
India | U.K.

Copyright © Rozina Khanam 2025

All rights reserved by author. No part of this publication may be reproduced, stored in a retrieval system or transmitted in any form or by any means, electronic, mechanical, photocopying, recording or otherwise, without the prior permission of the author. Although every precaution has been taken to verify the accuracy of the information contained herein, the publisher assumes no responsibility for any errors or omissions. No liability is assumed for damages that may result from the use of information contained within.

BlueRose Publishers takes no responsibility for any damages, losses, or liabilities that may arise from the use or misuse of the information, products, or services provided in this publication.

For permissions requests or inquiries regarding this publication, please contact:

BLUEROSE PUBLISHERS
www.BlueRoseONE.com
info@bluerosepublishers.com
+91 8882 898 898
+4407342408967

ISBN: 978-93-6783-704-7

Cover Design: Shubham Verma
Typesetting: Sagar

First Edition: April 2025

Disclaimer:

This story is based on the author's personal experiences. Any resemblance to any persons, incidents, or situations is purely coincidental. The author assumes no responsibility for any resemblance or similarity."

समर्पित

प्यारे अब्बू-अम्मी के नाम

यह किताब मैं अपने अब्बू-अम्मी के नाम करती हूं और उन तमाम लोगों के नाम करती हूं, जो कांटों की राह के हमसफर रहे, तकलीफें सहीं और उस दर्द में बराबर के शरीक रहे। यह किताब भारत, पाकिस्तान और बांग्लादेश (उपमहाद्वीप) में शहीद होने वाले उन सभी पुरुषों, महिलाओं और बच्चों के नाम जो उपमहाद्वीप के विभाजन से लेकर अब तक रंग, नस्ल और धर्म की जंग में बेकसूर मारे गए।

प्रस्तुत

मेरे अब्बू शमीम अहमद खान शादी के कुछ दिनों बाद रोजगार और बेहतर भविष्य की तलाश में पटना को अलविदा कह कर ढाका चले गए थे और बाद में मेरी अम्मी भी अब्बू के पास ढाका चली गई और वहीं से मेरी जिंदगी की नई कहानी शुरु होती है। यह मेरी जिंदगी की उसी कहानी का वर्णन है जो "कहीं आंसुओं से लिखी गई है और कहीं आंसुओं से मिटी हुई है"।

मेरी प्रारंभिक शिक्षा ढाका में हुई उसके बाद लगभग दो वर्ष मेरी शिक्षा मेरठ में युद्धबंदी के दौरान हुई जो भारत का एक शहर है। उसके बाद मेरी चौथी कक्षा से मैट्रिक तक की शिक्षा कराची, पाकिस्तान में हैप्पी होम इंग्लिश स्कूल में हुई। B.Com मैं ने कराची के गवर्नमेंट प्रीमियर कॉलेज से किया, जो कराची विश्वविद्यालय के अंतर्गत आता है। मेरे अब्बू मुझे चार्टर्ड अकाउंटेंट बनाना चाहते थे, लेकिन उन दिनों कराची के हालात खराब होने के कारण दाखिला मिलने के बावजूद मैं अपनी पढ़ाई जारी नहीं रख सकी। उस वक्त कराची में मुहाजिर कौमी मूवमेंट की नींव रखी जा चुकी थी। कराची यूनिवर्सिटी मेरे घर के पास ही थी, इसलिए मैंने सीए करने का इरादा छोड़ दिया और एमए इंग्लिश में दाखिला ले लिया, लेकिन रिजल्ट आने से पहले ही 16 जुलाई 1990 को मेरी शादी हो गई और मैं हिन्दुस्तान आ गई।

भारत आने के बाद मेरे सामने सबसे पहली समस्या यह पेश आई कि मैं कहीं भी नौकरी नहीं कर सकती थी क्योंकि जब तक मुझे भारतीय नागरिकता नहीं मिल जाती तब तक मेरे सर्टिफिकेट काम नहीं आते और यह मेरे लिए बहुत

बड़ी परेशानी की बात थी कि मैं अपनी पढ़ाई का सही इस्तेमाल नहीं कर पा रही थी।

बचपन से मैंने अपने अब्बू-अम्मी को बुरे से बुरे हालात में भी लोगों की मदद करते देखा था तो यह बात मेरे खून में शामिल थी, मेरे दादा और चाचा भी काफी सोशल थे। जब मैं खाली बैठे-बैठे थक गई तो मेरी एक दोस्त सरोज चौबे ने कहा कि तुम सोशल वर्क तो कर ही सकती हो। तुम क्यों नहीं किसी एनजीओ से जुड़ जाती हो। उस समय मुझे एनजीओ का मतलब भी नहीं पता था, लेकिन सामाजिक कार्यों के प्रति मेरे जुनून ने मुझे प्रेरित किया और मैं साहस कर के आगे बढ़ी।

वर्ष 2000 से मैंने अपना सामाजिक कार्य शुरू किया और मेरा पहला प्रोजेक्ट भी यूनिसेफ के साथ हुआ जिसमें मैंने स्कूली बच्चों के साथ कई पोलियो जागरूकता कार्यक्रम किए। यूनिसेफ के Sir Augustin ने मुझे प्रोत्साहित किया और एनजीओ के काम को समझने और आगे बढ़ने में मेरी काफी मदद की, उसके बाद मैंने कभी पीछे मुड़कर नहीं देखा, ऐसा लगा कि मुझे मेरी मंजिल मिल गई है।

मेरे शौक और जुनून को देखते हुए मेरे पति अरशद खान ने 2000 में वीमेन वेलफेयर सोसाइटी ऑफ पटना की स्थापना की, जिसमें मुझे प्रोजेक्ट डायरेक्टर के रूप में काम करने का मौका मिला और धीरे-धीरे रोजिना खानम वीमेन वेलफेयर सोसाइटी ऑफ पटना की पहचान बन गई। न सिर्फ पहचान बल्कि मुस्लिम महिलाओं की आवाज भी बन गई।

7 मार्च 2006 को, मुझे अब्बू सालेह शरीफ (सदस्य सचिव उच्च स्तरीय समिति) की तरफ से निमंत्रण मिला जो एक गोलमेज मीटिंग में भाग लेने के लिए था। 10 अप्रैल 2006 को अध्यक्ष न्यायमूर्ति राजिन्दर सच्चर की देखरेख में दिल्ली में मीटिंग आयोजित होनी थी। उसमें मुझे बिहार की मुस्लिम

महिलाओं की पिछड़ेपन पर एक रिपोर्ट पेश करनी थी। जो मुस्लिम महिलाओं के सामाजिक, आर्थिक और शैक्षणिक पिछड़ेपन पर आधारित थी। यह मेरे सोशल वर्क जीवन की पहली सफलता थी कि मैं उस रिपोर्ट का हिस्सा बनी।

मुस्लिम महिलाओं के लिए मेरे काम को देखकर, अमेरिका के स्टेट डिपार्टमेंट ने मुझे उन के आईवीएलपी कार्यक्रम यानी (International visitors leadership programme) के लिए चयन किया और मुझे अमेरिका आने के लिए आमंत्रित किया जहां एक वैश्विक एनजीओ की बैठक थी। वर्ष 2008 में, मार्च के पूरे महीने को महिलाओं के महीना के रूप में घोषित किया गया था और मेरी खुशकिस्मती थी कि मैं 6 मार्च से 27 मार्च, 2008 तक " The Role of promotion of Global women Issues" का हिस्सा बनी और अमेरिका के सात राज्यों में भारत का प्रतिनिधित्व किया।

दूसरी ओर, मैं महिला आरक्षण विधेयक पर भी मुस्लिम महिलाओं के लिए आवाज उठा रही थी और उस संबंध में राज्यसभा और लोकसभा दोनों को पत्र भेज रही थी, तो मुझे 6 जुलाई 2009 को लोकसभा सेक्रेटेरिएट से एक पत्र मिला कि स्टैंडिंग कमेटी के समक्ष मुस्लिम महिलाओं की आवाज बनूं और उनके आरक्षण की बात रखूं।

उस साल जुलाई 2008 में, पटना एयरपोर्ट ने मुझे 2008-2009 और फिर अगले साल 2009-2010 के लिए कर्मचारी यौन उत्पीड़न समिति का सदस्य बनाया दिया, फिर मैं 2010-2011 तक वहां सदस्य रही, उसके बाद मैं Central Bank of India के जोनल ऑफिस की उस कमेटी की सदस्य बनी जहां मैं 2015-2016, 2016-2017 और 2017-2018 तक सदस्य रही, फिर अपनी कुछ व्यक्तिगत व्यस्तता के कारण, मैं उन सभी स्थानों, या कहें सेवाओं से हट गई। यह मेरी चंद बड़ी कामयाबी थी या सेवा कह लीजिए जो मैं अपने सोशल वर्क करियर के दौरान कर सकी।

2006 में, मेरे पति अरशद खान ने सामाजिक कार्यों में मेरी बढ़ती रुचि को देखकर घर के एक हिस्से में लड़कियों के लिए एक ट्रेनिंग सेंटर खोलने की जगह दे दी, जहां मैं ने लड़कियों को हर तरह के हुनर जैसे सिलाई, कढ़ाई, ब्यूटीशियन, कंप्यूटर की ट्रेनिंग और विभिन्न प्रोफेशनल कोर्स कराती थी। मेरा सोशल वर्क करने का अपना एक तरीका था और वह यह कि न तो मैं उससे कमाऊंगा और न ही सरकार का कोई बड़ा प्रोजेक्ट लूंगी लेकिन सेंटर तो मुझे चलाना था और मदद भी करनी थी तो मैं ने उसका समाधान यह निकाला कि ICDS, UNICEF और सरकारी स्वास्थ्य विभाग के छोटे-छोटे जागरूकता कार्यक्रम शुरू किया और उससे जो आमदनी हुई उन लड़कियों पर खर्च करने लगी।

उसी बीच मैंने देखा कि जो लड़कियां मेरे पास आती हैं उनमें ज्यादातर लड़कियों की आजीविका का साधन सिलाई है क्योंकि वह पढ़ी-लिखी नहीं हैं, मैंने भारत पेट्रोलियम से बात कि की अगर उन लड़कियों की मदद करें तो उनकी आर्थिक स्थिति ठीक करने में काफी मदद होगी और मेरे सुझाव को स्वीकार करते हुए भारत पेट्रोलियम ने मेरी बच्चियों को 200 सिलाई मशीनें दी, जो उन लड़कियों को आगे बहुत काम आया।

उन लड़कियों को प्रशिक्षित करते समय मुझे लगा कि अगर यदि उनका रुझान शिक्षा की ओर भी बढ़ाया जाए तो अच्छा होगा और अगर व्यावसायिक प्रशिक्षण का एक सरकारी प्रमाणपत्र भी हो तो उनके लिए अधिक उपयोगी होगा। मेरा NGO तो सर्टिफिकेट दे ही रहा था लेकिन वह पर्याप्त नहीं था। फिर काफी भागदौड़ के बाद मैंने एनआईओएस (NIOS) के वोकेशनल ट्रेनिंग और NCPUL के उर्दू प्रमोशनल प्रोग्राम NILLET कंप्यूटर के सर्टिफिकेट कोर्स के प्रोग्राम ले लिए। 2015 तक मैं 5000 से ज्यादा बच्चियों को अपने सेंटर से गवर्नमेंट सर्टिफिकेट वोकेशनल ट्रेनिंग और कंप्यूटर सीखा कर निकाल चुकी

थी। 2015 में ही कुछ व्यक्तिगत समस्याओं के कारण मुझे अपना ध्यान घर की तरफ लगाना पड़ा और फिर 4 साल मुझे दिल्ली में रहना पड़ा तो मेरा सोशल वर्क के कामों में थोड़ा कम समय लगने लगा। कोविड-19 आने के बाद और मेरे दिल्ली में होने की वजह से मुझे अपना यह सेंटर बंद करना पड़ा, जिसका मुझे आज भी अफसोस है। अब मेरा सामाजिक कार्य ऑनलाइन काउंसलिंग तक ही सिमट कर रह गया है, लेकिन मुझे खुशी है कि मेरी वह लड़कियां अपने जीवन में सफल हैं।

मैं यहां यह स्वीकार करना चाहती हूं कि जिंदगी के संघर्ष में मेरे पति अरशद खान ने हमसफर होने का हक पूरी तरह से निभाया, वह न सिर्फ मेरे दुख सुख के साथी रहे बल्कि कदम-कदम पर मेरा हौसला बढ़ाया। इस पुस्तक के लेखन और उसके प्रकाशन में भी उनका पूरा सहयोग रहा।

इस किताब की तैयारी और उर्दू (URDU) जबान में लिखने में कौमी तंज़ीम अखबार के सीनियर पत्रकार श्री राशिद अहमद की काफी मदद रही और इसके अलावा वरिष्ठ पत्रकार महफूज आलम की भी मैं आभारी हूं जिन्होंने इस किताब को हिन्दी में लिखने में मदद की और प्रोत्साहित किया।

*****

अनुक्रमणिका

एक नजर..1

दर्द की लकीर..8

खानदान..13

पलायन...18

ढाका का पतन 28

गृहयुद्ध 43

ढाका से मेरठ तक 65

युद्ध बंदी शिविर संख्या 51 90

आज़ादी की यात्रा 135

सारांश..152

एक नजर

जब से दुनिया बनी है दुनिया के हर हिस्से में किसी न किसी बात को लेकर कहानियां और दास्तान लिखी जाती रही हैं। कहीं मुहब्बत, कहीं नफरत, कहीं इंसानियत और कहीं सियासत की कहानियां। लेकिन सबसे ज्यादा जो चिज इंसान को आज तक तकलीफ दे रही है या देती है वो है सियासत। दुनिया के हर हिस्से में उस सियासत ने तबाही मचा रखी है। पूरी दुनिया में निर्दोष लोग मारे जा रहे हैं और घरों से विस्थापित हो रहे हैं। बुरी सियासत नहीं होती है लेकिन सत्ता की राजनीति के लिए इंसानों को सिर्फ एक उपकरण समझना गलत है। नकारात्मक राजनीति ने दुनिया को क्या दिया? कहीं नस्ली, कई धार्मिक, कहीं जात-पात तो कहीं राष्ट्रीयता के नाम पर नफरत। ताकत और जंग ने पूरी दुनिया को अपनी चपेट में ले रखा है, जिसके कारण हजारों लोग बेघर, हजारों महिलाएं विधवा, लाखों बच्चे अनाथ और न जाने कितनी बच्चियां अपमानित कर दी गईं या मौत के घाट उतार दी गई। जिनका न कोई कसूर था न वो समझ सकीं कि हमें क्यों मारा जा रहा है। मनुष्य की स्थिति कीड़े-मकोड़े की हो कर रह गई है जहां दीन-दुखियों की पुकार सुनने वाला भी कोई नहीं होता। दुनिया के हर क्षेत्र में ऐसे ही परिदृश्य फैले हुए हैं, ऐसी ही कोई न कोई दास्तान सुनने को मिल जाएगी। इस तरह की कुछ कहानियां हमारे क्षेत्र में भी जन्म लेती रहती हैं।

सत्ता के लिए संघर्ष और उसके परिणामस्वरूप लोगों के विनाश की कहानी शुरू से जारी है। सत्ता संघर्ष और राजनीतिक रक्तरंजित कहानियां प्राचीन भारत से लेकर आधुनिक भारत तक मौजूद हैं, जिसके नए अध्यायों में स्वतंत्रता

संग्राम के विभिन्न कालखंड और स्वतंत्र भारत का विभाजन भी शामिल है। बंटवारे की कोख से न जाने कितनी दर्दनाक कहानियों ने जन्म लिया और दर्द की कैसी लकीरे खिंची गई। वो घटनाएं और पीड़ादायक कहानियां लेखकों और रचनाकारों ने दुनिया के सामने प्रस्तुति भी किया। हमने कितनी कहानियां सुनी और देखी हैं इंडिया पाकिस्तान को लेकर या उन पर जितनी भी फिल्में बनी हैं बनाने वाले की मंशा कुछ भी रही हो लेकिन दर्शक और श्रोता आज तक उससे वह पैगाम नहीं ले सके जो वो देना चाह रहे थे। हमारी पीढ़ियों ने या तो उनसे कोई सबक ही नहीं लिया या जो सबक लिया वह उनकी अपनी सोच पर आधारित था। उस सोच पर जो उनकी मन में बनी धारणा पर बनाई गई थी। जेहन में जो धारणा बनी वह है "नफरत"। नफरत अपनों से। हर इंसान उस दास्तान में एक कौम को दूसरे कौम पर अत्याचार करते हुए देखता है। उन कहानियों में कहीं धर्म की युद्ध दिखाई देती है तो कहीं नफरत के बीज नजर आते हैं। कहीं पर इंसानियत को लोग समझने की कोशिश नहीं करते। हां, लेकिन उन को कुछ नजर आता है तो दो-राष्ट्र सिद्धांत और यही कारण है कि आज हम अपनी आने वाली पीढ़ियों को कुछ भी नहीं दे पा रहे हैं। अगर कुछ दे रहे हैं तो वह है रंग, धर्म और जाति की लड़ाई। आज के युग में आजादी, देशभक्ति और बलिदान की कहानी कहीं दब कर रह गई है और भाईचारा, प्रेम, मानवता सब कुछ द्विराष्ट्र सिद्धांत की बलि चढ़ गया है।

मैं आज उसी अतीत से निकाल कर एक ऐसी सच्ची कहानी लाई हूं जो सबक देती है इंसानियत की, जिसके किरदार अपने ही देश में युद्धबंदी बने। चंद मुट्ठी भर सियासी लोगों के हाथों कठपुतली बने, यह लोग रोजी रोटी के लिए और अपनी जमीन के लिए आज भी भटक रहे हैं। यह कहानी उन दुर्भाग्यशाली लोगों की है जो दो-राष्ट्र विचारधारा का शिकार हो गए। यह एक ऐसी जंग और जंग में फंसे लोगों की कहानी है जो शांति, प्रेम और भाईचारे का पाठ पढ़ाती है, बशर्ते कि उसी संदर्भ के अनुसार समझने की कोशिश की जाए। यह

सिर्फ एक परिवार की कहानी नहीं है, यह कहानी है उन लोगों की जो अपना घर, अपनी मातृभूमि छोड़कर शरणार्थी बन गए। ये कहानी उन शहीदों की है जिनका कसूर तो कुछ नहीं था लेकिन आज भी उनकी नस्ल और उनका परिवार सजा भुगत रहा है।

उपमहाद्वीप जिस पर गौतम बुद्ध से लेकर मुगल और फिर अंग्रेजों तक हजारों लोग आए और गए और हजारों साल शासन किया यह वह भूमि थी जो हमेशा से विभिन्न सभ्यताओं, रंगों और नस्लों और उदारता का उद्गम स्थल रही है। जब अंग्रेज आये तो रंग, धर्म और राष्ट्रीयता पनपने लगी। उनका अपना एक सिद्धांत था कि किसी भी कौम पर शासन करना है तो उसे विभिन्न जातियों, वर्णों और राष्ट्रीयता में बांट दो और हुआ भी यही। उपमहाद्वीप में बसने वाले लोग जाति समुदाय, राष्ट्रीयता और धर्म में बंटने लगे और फिर एक ऐसा दौर आया कि पहले अंग्रेजों से आजादी की लड़ाई एक साथ मिल कर लड़ी जाती रही और फिर वह दौर आ गया कि आपस में बंटने लगे और इतने बंट गए कि बंटवारे की आवाज बुलंद करने लगे और फिर वह वक्त भी आया कि बंटवारा हो गया। उन फिरंगियों ने जाते-जाते हमेशा के लिए न सिर्फ द्विराष्ट्र सिद्धांत उपहार में दिया बल्कि उपमहाद्वीप को विभाजित करते समय हमारी पीठ पर कश्मीर का खंजर हमेशा के लिए मार गए। उपमहाद्वीप में भी भाई-भाई की तरह रहने वाले लोगों को लगने लगा कि अब वह एक साथ नहीं रह पाएंगे और उसके परिणामस्वरूप सामने आया भारत और पाकिस्तान का गठन, जिसने आगे चल कर एक और विभाजन लाया जो कहलाया "बांग्लादेश" और उस सरजमीन पर एक नहीं कई कहानियां जन्म लेने लगी।

जमीन पर लकीर खींचने से रिश्ते नहीं बंटते। यही कारण है कि जब बंटवारा हुआ तो सब कुछ बिखर कर रह गया। किसी का दिल इधर आया तो कलेजा उधर, बेटा इधर रह गया तो बेटी उधर और इस तरह से अपने वतन से लोगों

का सफर शुरू हुआ और अपना घर-बार छोड़कर लोग एक नई सुबह की तलाश में पाकिस्तान की तरफ रवाना हुए और उस तरफ से लोग हिन्दुस्तान के लिए रवाना हुए और उपमहाद्वीप की जमीन खून के आंसू पीकर रह गयी, जमीन के दिल से एक आह सी निकली जैसे कह रही हो:

> नई मंजिल नई दुनिया नई जमीन पर जाने वालों
> तेरे साथ उसी मिट्टी की यादें और बातें होंगी
> समेट के ले जाओ रंग नस्ल और जात पात भी
> अगले बंटवारे में फिर उन की जरूरत होगी

हिन्दुस्तान के विभिन्न शहरों से पलायन करने वाले लोग वह यूपी, बिहार या बंगाल से रहे हों, उनकी यात्रा ज्यादातर पूर्वी पाकिस्तान (बांग्लादेश) रहा और कुछ का सफर लाहौर और कराची रहा। अच्छे भविष्य की उम्मीद लिए उन लोगों ने जब पूर्वी पाकिस्तान की धरती पर कदम रखा तो उन्हें यह नहीं पता था कि बदकिस्मती ने अभी उनका साथ नहीं छोड़ा है और अभी वह आने वाला एक और विभाजन देखेंगे और हुआ भी यही, यहां भी उन्हें दो राष्ट्रों का नजरिया मिला।

कमाल की बात यह थी कि इस बार दो राष्ट्र सिद्धांत का आधार धर्म नहीं था। इस बार जो वजह थी वह सभ्यता, संस्कृति और भाषा थी और "भाषा" ही द्विराष्ट्र सिद्धांत का कारण बन गई।

पूर्वी पाकिस्तान (बांग्लादेश) की धरती पर कदम रखने वाले ये मुट्ठी भर लोग बाहरी कहलाये और हर तरफ से एक आवाज आने लगी "आमार सोनार देश" और इन बाहरी को बाहर निकालो। जाहिर है इस आवाज की वजह पश्चिमी पाकिस्तान में बैठे राजनेताओं की राजनीति ही थी। लेकिन सज़ा उन शरणार्थियों को ही मिली। बेशक, कसूर इस बार भी उन लोगों का नहीं था उज्जवल भविष्य और बेहतर रोजगार की चाह में अपनी जमीन छोड़ी थी

लेकिन गलती तो हुई थी। यह अलग बात है कि विवाद पश्चिमी और पूर्वी पाकिस्तान की अलग-अलग राजनीति और कुर्सी का था, लेकिन "भाषा" और "राष्ट्रीयता" को आधार बना कर सियासत खेली गई और सीधे-साधे लोग उस राजनीति का शिकार हो गए। इस कशमकश ने हिंसा की राह ली और ये मामला युद्ध तक पहुंच गया। उस जंग का शिकार हुए वह "बाहरी लोग" जो अपना घर बार और जमीन छोड़कर शरणार्थी बने थे, एक नई जमीन को गले लगाने चले थे जो कभी उनकी थी ही नहीं।

भारत के अलग-अलग शहरों से गए यह लोग न घर के रहे न घाट के। एक बार फिर से आजादी और विभाजन की आवाज गूंज उठी और फिर गृहयुद्ध छिड़ गया। पाकिस्तान को बने कुछ साल ही हुए थे कि एक और विभाजन अस्तित्व में आ गया। फिर वही खून की होली खेली गई, फिर दो राष्ट्र की विचारधारा जीत गई और मानवता हार गई।

अब ये बाहरी बने "युद्धबंदी" और किस्मत का रोना देखिए कि वह "युद्धबंदी" भी कहां बने? उस भारत की सरजमीन पर जिसे वह छोड़ गए थे। ऐसा लगता था ऊपर आसमानों पर बैठा खुदा भी बंदों की बेवकूफी पर हंस रहा हो और धरती कह रही हो कि "मैंने कहा था न कि मत जाओ छोड़ कर। दुनिया जानती है कि बांग्लादेश युद्ध में पाकिस्तानी सेना के 96,000 सैनिक युद्धबंदी बने थे, लेकिन बहुत कम लोग यह जानते हैं कि उन में 32,000 नागरिक भी युद्धबंदी बने थे। उन POW को भारत के विभिन्न शहरों में रखा गया, जिनमें से एक शहर मेरठ भी था।

यह कहानी मेरठ में युद्ध बंदी बने उन परिवारों की है जो हर घड़ी, हर पल यही सोचते थे कि अब क्या होगा। वह एक विचित्र स्थिति थी। कैसा समय और क्षण था कि एक भाई कैदी था और एक भाई रक्षक था। एक समय था जब हिंदू, मुस्लिम, सिख, ईसाई दुख सुख में साथ-साथ रहते थे। एक यह दौर आ

गया था कि जहां एक भाई कैदी था, जिसकी न कोई मातृभूमि थी और न ही कोई ठिकाना और दूसरा उस कैदी का रक्षक था, जिसे अपनी मातृभूमि की रक्षा करनी थी। और जमीन खून के आंसू रोती हुई कह रही थी:

> आंखों ने भी एक अजीब मंजर देखा है
> भाई के घर में भाई को कैद देखा है
> कभी रहते थे जो मिल के माजाईयों की तरह
> आज एक को मुहाफिज और दूसरे को कैद देखा है।

पंद्रह दिनों तक चली उस जंग में हजारों लोगों की दुनिया बदल गई। दोनों कौम के हजारों निर्दोष लोग मारे गये। हज़ारों लोग विस्थापित हुए, उन्हें आज़ादी तो मिली लेकिन राजनेताओं से कभी नहीं मिली। बांग्लादेश बन तो गया, लेकिन दो क्षेत्र आज भी परेशान है। जाहिर है, खून तो व्यर्थ नहीं जाता। दूसरी ओर, वह लोग जो अपना घर छोड़कर चले गए थे वह युद्धबंदी बन गए। अजीब खेल खेला था किस्मत ने और आगे भी किस्मत ने एक नया तमाशा दिखाया कि जब उन्हें आजादी मिली और वापस पाकिस्तान भेज दिया गया तो क्या मिला? कुछ भी नहीं क्योंकि राष्ट्रवाद का खेल अभी भी जारी था और जारी है। वहां जाकर सिंध की धरती को अपना बनाया लेकिन वहां के लोगों ने उन्हें उपाधि दी "लुटे पीटे बिहारी" जबकि उन लुटे पीटे बिहारियों में यूपी, बिहार हर जगह के लोग शामिल थे। जिन्हें बांग्लादेशियों ने "बाहरी" की उपाधि दी थी, पाकिस्तान ने उन्हें "लुटे पीटे भिखारी" की उपाधि दे डाली और रुतबा थोड़ा और बढ़ा तो "मुहाजिर" की उपाधि मिली और ये लोग मुहाजिर कहलाने लगे। कराची प्रवासियों की मातृभूमि बन गई, जिसे उन्होंने अपने खून से सिंच कर बनाया।

आज पाकिस्तान को बने 77 साल और बांग्लादेश बने 53 साल हो गए हैं। क्या मिला हमें? हम आज भी खाली हाथ हैं। अगर नजर उठा कर देखें तो एक

भी ऐसा इंसान नहीं है जो नफरत के बीज को खत्म कर सके, एक भी ऐसा प्रतिनिधि नहीं है जो एक आम इंसान की जिंदगी को बेहतर बना सके।

यह कहानी जो मैं लिख रही हूं, उससे हमें यह सीख मिलती है कि हम जो करते हैं, उसी का फल हमें इस दुनिया में मिलता है और जो बोते हैं, वही पाते हैं। यह जीवन कोई संयोग नहीं है। व्यक्ति का कर्म ही उसके चरित्र का प्रतिबिंब होता हैं। हमारी राष्ट्रीयता यदि मुहब्बत और धर्म मानवता हो तो यह दुनिया स्वर्ग से कम न हो, लेकिन ऐसा है नहीं।

हम सब उस जमीन का हिस्सा हैं जो कट कर कुछ इधर रह गए और कुछ उधर रह गए। कुछ मजहब के शिकार हो गए, कुछ राष्ट्रीयता के। क्यों न हम फिर से एक हो जाएं, एक भाषा बोलें जो प्यार की, मुहब्बत की, इंसानियत की हो। दोस्ती की बात करें जो हमारी भी जरूरत है और वक्त की भी। अपनी आने वाली पीढ़ियों को क्यों हम अतीत से नफरत का संदेश दें, क्यों न हम इस दास्तान से प्यार का दीया जलाएं और अपने क्षेत्र में अपनी नई पीढ़ी के लिए मुहब्बत की पहली ईंट रखें और इस युद्ध की कहानी से एक सबक ले कर हिन्दुस्तान, पाकिस्तान और बांग्लादेश के लोगों के साथ मिलकर मुहब्बत का सफर शुरू करें ताकि फिर कोई इंसान अपनी मातृभूमि में युद्धबंदी न बन सके।

इस जमीन ने बहुत कुछ देखा है। भारत का विभाजन हुआ, पाकिस्तान बना और फिर बांग्लादेश बना। राष्ट्रवाद की धज्जियां उड़ गई। आज बहस चल रही है और चलती रहेगी कि मुल्क किस ने तोड़ा "दो राष्ट्र सिद्धांत" ने या "राजनीति" ने और सबसे ज्यादा अफसोस की बात यह है कि हम आज तक यह तय नहीं कर पा रहे हैं कि पाकिस्तान के दो टुकड़े होने का जिम्मेदार कौन है? भाषा, राष्ट्रीयता या फिर यह उनकी राजनीतिक हार थी या राजनीतिक साजिश।

*****

दर्द की लकीर

आज मार्केट में घूमते हुए अचानक मेरी नज़र एक खिलौने की दुकान के शोकेस पर पड़ी और मेरी आंखें जैसे ठहर गई। मेरे कदम खुद ब खुद उस दुकान की ओर बढ़ने लगे। अंदर जाकर मैंने दुकानदार से वह Magic Slate मांगा जिस को देख कर मैं अंदर आई थी। मैं कुछ देर तक इस Slate को देखती रही और उस स्लेट से जुड़ी कहानी मेरी आंखों के सामने घूमने लगी और मैं इतनी खो गई कि मुझे अपने आसपास का भी होश नहीं रहा। अचानक एक आवाज से चौंक पड़ी, दुकानदार बार-बार मुझसे पूछ रहा था कि मैडम क्या आप स्लेट खरीदेंगी। मैं उसे स्लेट दे कर और बिना कुछ कहे बाहर आ गई और बाकी शॉपिंग करके मैं घर की तरफ रवाना हो गई। लेकिन मेरे मन के किसी कोने में स्लेट घूमता रहा। अतीत मेरे सामने फिल्म की भाँति चलता रहा। मेरा बचपन, बांग्लादेश, दंगे, हंगामे, युद्ध, लाशें, खून, गृहयुद्ध, कैदी और फिर आज़ादी, ये सब मेरे जेहन में एक डरावने ख्वाब की तरह आने लगे। उस स्लेट ने मुझे उस अतीत में ढकेल दिया जिस अतीत को मैं भूलना चाहती थी या भूल चुकी थी।

हिन्दुस्तान, पाकिस्तान बने आज 77 साल हो गए और बांग्लादेश बने 53 साल गुजर गए हैं, लेकिन आज जब मैं सोचती हूं तो कल की बात लगती है।

जिन परिस्थितियों और घटनाओं में मेरा बचपन गुजरा, विशेषकर वह ढाई वर्ष की अवधि में, मैंने जिस तरह से डर, खौफ और कारावास की जिंदगी को जाना उसने मुझे मानवता का पाठ पढ़ा दिया। आज अगर मैं एक सामाजिक कार्यकर्ता हूं तो उस जंग की वजह से हूं। क्योंकि उस जंग में मैंने इंसान से मुहब्बत और नफरत से नफरत करना सिखा है। उस युद्ध ने मुझे बताया कि मौत कैसी दिखती

है और उस मौत को करीब से गुजर जाने के बाद जिंदगी जीने की चाह क्या होती है, भूख क्या होती है और मजबूरी किसे कहते हैं।

पिछले 34 वर्षों से हिन्दुस्तान में रह रही हूं और बाकायदा अपनी भारतीय राष्ट्रीयता के साथ और गर्व के साथ क्योंकि मैं यहां शादी कर के आई हूं, मैं दोनों मुल्कों को इस तरह से देखती हूं कि पाकिस्तान मेरा मायका और हिन्दुस्तान मेरा ससुराल है और अगर मेरे अब्बू-अम्मी की तरफ से देखिए तो मेरा असल घर भी यहीं हिन्दुस्तान है।

उस वक्त तो मेरी खुशी का ठिकाना ही नहीं रहा था जब मुझे भारतीय होने का सर्टिफिकेट मिला। लेकिन एक दुख भी था कि अब मुझे अपनी अम्मी अब्बू, भाई, बहन से मिलने के लिए वीजा (Visa) के लाइन में खड़ा होना पड़ेगा। मैं उस दर्द को अच्छी तरह जानती हूं। हर साल मुझे अपने घर वालों से मिलने के लिए वीजा को लेकर जिन परेशानियों से गुजरना पड़ता है वह बहुत दर्दनाक है। मैं अपनी बहन और भाई की शादी में नहीं जा सकी। मैं अपने अब्बू के अंतिम दिनों में उनसे मिलने नहीं जा सकी और न ही मेरी अम्मी और मेरे भाई, बहन, मेरी इकलौती बेटी और बड़े बेटे की शादी में आ सके, न कोई मेरी खुशी और दुख में शामिल हो सके। मेरी जैसी हजारों लड़कियाँ हैं जो जंग-ए-आजादी के बाद इधर उधर शादी कर के गई हैं। उन में हर कौम की लड़कियां शामिल हैं।

विभाजन ने निश्चित रूप से भौगोलिक रेखाएँ खींची हैं, लेकिन परिवार और दिलों के रिश्तों के बीच वो लकीर नहीं खिंच पाई है जो आज भी आप को हिन्दुस्तान और पाकिस्तान के दूतावासों के बाहर अपने प्यारों से मिलने के लिए वीजा हासिल करने के लिए चक्कर लगाते नजर आएंगे। क्यों इतने अपमानित हो कर, धक्के खाकर कष्ट सह कर हाथ पैर जोड़ कर वीजा लेना चाहते हैं? क्यों? आना चाहते हैं हिन्दुस्तान और क्यों जाना चाहते हैं

पाकिस्तान? क्यों अब्बू-अम्मी अपनी बेटियों की शादी कर के उन्हें इधर से उधर भेज देते हैं आज भी। क्या कभी किसी ने आम लोगों से यह पूछा है? नहीं! मैं बताती हूं क्योंकि उनकी यादें जुड़ी हुई हैं, औलादें बिछड़ी हैं, रिश्ते छूटे हैं, इसलिए वह एक रिश्ता बनाए रखना और उसे जोड़ कर रखना चाहते हैं। ताकि कोई तो बहाना मिले इस जमीन पर आने का, उसे देखने का जहां उनका बच्चपन गुजरा जो अब उनसे छूट गया है और यह सिलसिला उस वक्त तक चलेगा जब तक उस विभाजन और बांग्लादेश की जंग झेलने वाला आखिरी इंसान जिंदा है।

मेरी जिंदगी में भी बहुत से लम्हे ऐसे आए जो मैं कभी भूल नहीं पाई। 22 दिसंबर 2003 जब मेरे भाई रेहान की शादी थी, मेरे पास वीजा तो था लेकिन टिकट नहीं मिल रहा था क्योंकि फ्लाइट बंद थी और सिर्फ बस चल रही थी और लाख कोशिशों के बावजूद टिकट नहीं मिल पाया। आश्चर्य की बात यह है कि मैंने सारे उपहार भाई को कूरियर कर दिए, भाई को गिफ्ट तो मिल गया और मैं नहीं जा सकी और अंततः प्रयास करने के बाद दिल में दुख लिए उस के निकाह के वक्त एक सिनेमा हॉल में बैठकर फिल्म देख रही थी। "कल हो न हो" अपने प्यारे भाई की शादी में नहीं जा सकने का दुख और अपने आंसू को सबसे छिपा कर अंधेरे में फिल्म देखने के बहाने रोती रही। अगर उस समय दोनों देशों के बीच उड़ानें बंद नहीं होतीं तो मैं भी अपनों की खुशियों में शरीक होती। मेरी छोटी बहन फौजिया की शादी 13 फरवरी 2004 को थी मैं उसमें भी शामिल नहीं हो सकी। कारण फिर से वही थी, फ्लाइट बंद। तीसरी बार जब 13 जनवरी 2013 को मेरे अब्बू की मृत्यु हो गई, तो मुझे वीजा नहीं मिल सका और मैं उनसे आखिरी वक्त मुलाकात नहीं कर सकी और वह मुझे आईसीयू से Skype के जरिए बुलाते हुए इस दुनिया से चले गए। चौथी बार जब 29 दिसंबर 2016 में मेरी बेटी की शादी थी और मेरे घर की सबसे से बड़ी खुशी थी। उस वक्त वीजा की पॉलेसी इतनी सख्त हो चुकी थी कि लाख कोशिशों

के बावजूद मेरे भाई, बहन और अम्मी मेरी इकलौती बेटी की खुशी में शामिल नहीं हो सके और फिर 23 दिसंबर 2021 में मेरे बड़े बेटे की शादी में एक बार फिर वही वीजा वजह बना उनके नहीं आने का। 18 नवंबर 2023 में 13 साल के बाद दुबई जा कर अपनी बड़ी बहन से और 24 नवंबर 2023 को दम्मम (सऊदी अरब) जा के अपनी अम्मी और बहनों से मिल पाई। मेरी जैसी न जाने कितनी ऐसी लड़कियां हैं जो इस परेशानी से गुजर रही हैं। काश लोग उनका दर्द समझ पाते।

आज भी जब कभी कहीं जंग, दंगा, बाढ़ या भूकंप आता है बच्चों को रोते और अनाथ होते देखती हूं और उनको भूख-प्यास से तड़पते हुए देखती हूं तो मुझे मेरा बचपन याद आ जाता है और मैं रोने लगती हूं। दुनिया के किसी भी हिस्से में युद्ध हो या कोई बुरी स्थिति हो, मैं उसे देख नहीं पाती, इसलिए मैं न समाचार देखती हूं और न अखबार पढ़ती हूं। मेरे बच्चे कहते हैं कि आप बहुत भावुक है, अब मैं उनको कैसे समझाऊँ कि उन तड़पते जख्मी बच्चों, औरतों और जवानों के दुख को मैं कैसा महसूस करती हूं, कितना दर्द होता है मुझे और लगता है कि मैं फिर से उन सभी दर्द और तकलीफों से गुजर रही हूं। उस स्लेट ने मेरे अतीत के दर्द और चोट को फिर से ताज़ा कर दिया और मेरे उस संकल्प को पक्का कर दिया।

मैं अपने अब्बू-अम्मी की आभारी हूं कि उन्होंने मुझे कहानी लिखने और स्थितियों और घटनाओं को व्यवस्थित करने में मेरी काफी मदद की। मेरे अब्बू-अम्मी ने तीन बार घर बनाया। मैं अल्लाह की नाशुक्री नहीं करती क्योंकि अल्लाह ने हमेशा हमें पहले से ज्यादा दिया, लेकिन अगर सोचें तो एक बार ही तिनका-तिनका जोड़ कर घर बनाना मुश्किल होता है। यहां तो तीन-तीन दफा घर उजड़ा और बसा है।

मुझे अच्छी तरह से याद है कि 1984 में, जब मुहाजिर कौमी आंदोलन ने जोर पकड़ा और सिंधी मुहाजिरों के बीच झड़प हुई, तो मेरे अब्बू सहम गए और उन्होंने सभी आवश्यक कागजात और अन्य महत्वपूर्ण वस्तुओं को एक जगह जमा कर के रखना शुरू कर दिया कि कहीं कोई फिर से गृहयुद्ध या युद्ध न छिड़ जाए और हमें फिर से घर से बेघर न होना पड़े। आज भी हमारे मन में युद्ध का डर रहता है लेकिन उस युद्ध से मुझे यह सबक मिला कि कभी भी भौतिक चीजों से मुहब्बत नहीं करनी चाहिए। इंसान की सबसे बड़ी दौलत उसकी शिक्षा-प्रशिक्षण और मानवता के प्रति प्रेम और अल्लाह पर भरोसा है जो उसे किसी जगह आबाद करने में मददगार साबित होता है। शिक्षा और हुनर एक ऐसी दौलत है जो कोई छीन नहीं सकता और यह दोनों इंसान को कभी भूखा नहीं रहने देते।

*****

खानदान

असल कहानी पर आने से पहले बेहतर होगा कि मैं अपने खानदान के बारे में बताती चलूं। हमारे परदादा अब्दुल गफूर खान के पूर्वज का ताल्लुक डेरा इस्माइल खान डिवीजन के डिस्ट्रिक्ट दक्षिण वजीरिस्तान के शहर "वाना" से था जो बिहार के शहर **बरनावां** में आबाद हुए। और मेरे दोहरे परनाना 'मियां खान' के पूर्वज डेरा इस्माइल खान से थे जो पटना में बस गये। हमें तो अब यह भी नहीं पता कि उनके पूर्वजों के घर और कब्रें कहां हैं।

मेरे आदरणीय परदादा अब्दुल गफूर खान का जन्म बरनावां (बिहार) में हुआ था और वह वहां के बड़े और प्रतिष्ठित जमींदारों में से थे। मेरे दादा डॉ शमशुजमा खान का जन्म भी "बरनावां" में हुआ था। मेरे दादा के डॉक्टर बनने के बाद उनकी शादी मेरी दादी मैमूना खातून से हुई। जाति की वह भी पठान थी और **सुनौली (बिहार)** की रहने वाली थी। मेरे दादा चुकी पेशे से डॉक्टर थे, इसलिए उनकी पोस्टिंग अलग-अलग शहरों में होती रहती थी, जिनमें नेउरा (बिहार) उल्लेखनीय है। हमारे दादाजी डॉक्टर होने के साथ-साथ जमींदार भी थे, इसलिए उनका अपना सम्मान और रुतबा था। पैतृक घर **बरनावां** में ही था जहां मेरे अब्बू और उनके बाकी भाई-बहनों का पालन-पोषण हुआ। उन सब का पालन-पोषण हमारी पुश्तैनी हवेली जो **बरनावां** में थी उस वक्त के हिसाब से काफी बेहतर तरीके से हुई। बिघहों में खेत, आमों के बगीचे और मछली पालन के लिए तालाब मौजूद था। यानी फल-सब्जियों से लेकर अनाज तक किसी भी चीज की कमी नहीं थी।

मेरे अब्बू स्वर्गीय शमीम अहमद खान चार भाई और तीन बहनें थे जिनके नाम कुछ इस प्रकार थे। शफी अहमद खान, डॉ. रफी अहमद खान, शमीम अहमद खान, नसीम अहमद खान, सालेहा खातून, सईदा खातून और वाजिदा ख़ातून।

मेरी दादी एक गृहिणी थीं। मेरे सबसे बड़े चाचा शफी अहमद खान और उनकी पत्नी का निधन उनकी शादी के चंद सालों में ही हो गया था क्योंकि उस समय टीबी का कोई इलाज नहीं था और उनके निधन के कारण उनकी इकलौती बेटी भी महज दो साल की उम्र में इस दुनिया से चली गई। मेरे चाचा रफी अहमद खान (स्वर्गीय) जो पेशे से डॉक्टर थे और उनकी पत्नी (स्वर्गीय) भी पाकिस्तान चले गए थे जिन के बच्चे आज भी पाकिस्तान में रहते हैं। मेरे तीसरे चाचा, नसीम अहमद खान, जो राजनीति से जुड़े रहे हैं और अपने समय के काफी मशहूर और इंसानियत से मुहब्बत करने वाले इंसान थे। जिनका आखिरी वक्त पुर्णिया में गुजरा कुछ पारिवारिक विवादों और आपसी दुश्मनी के कारण पुर्णिया में उनकी अपनी जमीन पर जान ले ली गई। उनके साथ उनके बड़े बेटे को भी मौत के घाट उतार दिया गया। चाचा की मृत्यु के कुछ वर्ष बाद उनके दूसरे बेटे की भी आपसी झगड़े में जान चली गयी। उनके बाकी बच्चे पूर्णिया में खुश और आबाद हैं और अपनी जिंदगी में कामयाब हैं।

मेरी बड़ी फूफी की शादी भागलपुर में हुई। फूफा फ़ारूक़ की सरसों के तेल की अपनी मिल थी। सालेह फूफी के निधन के बाद दादा ने (स्वर्गीय) सईदा फूफी की शादी फारूक फूफा से करवा दी ताकि सालेह फूफी के बच्चों को खाला से अम्मी का प्यार मिल सके। मेरी सबसे छोटी फूफी (स्वर्गीय) वाजिदा की शादी डॉ. मोईन खान से हुई थी, जो बाद में बांग्लादेश और फिर पाकिस्तान चली गई थी।

मेरे अब्बू (मरहूम) पेशे से एक इलेक्ट्रिकल इंजीनियर थे, उनकी प्रारंभिक शिक्षा **बरनावां** फिर नेउरा और आखिर में पटना में हुई। मेरे अब्बू की नौकरी पटना इलेक्ट्रिक सप्लाई में हुई थी।

मेरे परनाना इस्माइल खान का शुमार पटना के प्रतिष्ठित लोगों में होता था। उनके अब्बू मियां खान का पारिवारिक व्यवसाय, कारोबार और जमींदारी थी। हमारे परनाना का नाम भी राजनीतिक और सामाजिक हलकों में जाना और पहचाना जाता था। आज भी लोग उनका नाम काफी ईजत से लेते हैं। मेरे परनाना इस्माइल खान ने तीन शादियां की थी, जिनमें से एक की औलाद में तीन बेटे और चार बेटियां थीं, जिनमें यूसुफ खान, इलियास खान, इदरीस खान और चार बहनें जिनके नाम, कमरु-निसा, अख्तरु-निसा, अशरफु-निसा और जीनतु-निसा थी।

मेरे नाना यूसुफ खान पेशे से एक व्यापारी थे और पटना मार्केट में उनकी लेदर बैग की दुकान थी और वह लेदर का व्यवसाय करते थे। नाना की शादी मेरी नानी अनीसा खातून से हुई थी, जो बिहार के शहर "गया" के पास स्थित एक कस्बे "मई" की रहने वाली थीं। उनके अब्बू एक जमींदार थे। नाना का निधन शादी के छह महीने बाद हो गया था। उस समय मेरी नानी अनीसा खातून गर्भवती थीं और मेरी अम्मी नजमा खानम की पैदाइश नहीं हुई थी। मेरी नानी एक पर्दानशीन और पति-प्रेमी पत्नी थीं, जिन्होंने अपने पति की मृत्यु के बाद अपना पूरा जीवन अपने ससुराल में सिर्फ इसलिए बिताया ताकि उनकी बेटी अपने बाप-दादा को जान सके। मेरी अम्मी नजमा निसा खानम का जन्म इस्माइल मंजिल सब्जी बाग में ही हुई और उनका पालन-पोषण और प्रारंभिक शिक्षा उनके दादा इस्माइल खान ने की थी और बहुत प्यार से पाला था। 6 वर्ष की आयु में दादा इस्माइल खान की मृत्यु के बाद फिर यह पालन-पोषण उनके चाचाओं के जिम्मे आ गया।

मेरी अम्मी को स्कूल जाने का बहुत शौक था लेकिन उन दिनों घर की लड़कियां स्कूल नहीं जाती थीं इसलिए वह कभी स्कूल नहीं जा सकीं। उनकी प्रारंभिक शिक्षा घर पर ही हुई। मेरी अम्मी बहुत ज़हीन होने के कारण बहुत सी चीजें देखकर ही सिख लेती थीं। वह उर्दू के साथ-साथ बांग्ला बोलने में भी दक्ष थीं और अंग्रेजी भी लिख-पढ़ लेती थी। क्योंकि मेरे अब्बू और माता दोनों ही बहुत ऊँचे और प्रतिष्ठित परिवार से थे। बताने का मकसद यह नहीं है कि मैं अपने खानदान की बड़ाई कर रही हूं बल्कि आगे इस कहानी में आपको पता चलेगा कि समय का पहिया कैसे घूमता है।

16 साल की उम्र में मेरी अम्मी का रिश्ता मेरे अब्बू से तय हो गया। मेरे अब्बू शमीम अहमद अपने समय के खूबसूरत नवयुवकों में से एक माने जाते थे। कद छह फुट और उनका चेहरा आकर्षक था, जिंदादिल और खुशमिजाज थे और अच्छा खाने और अच्छे कपड़ों के शौकीन थे। उन्हें घुमने का भी शौक था। लोग उन्हें फिल्म स्टार राजेंद्र कुमार कह कर भी बुलाते थे। फुटबॉल के बहुत शौकीन और खिलाड़ी भी थे। मेरी अम्मी मध्यम कद की एक नाजुक सी महिला थीं। रुप भी बहुत अच्छा पाया था, चेहरा भी रौबदार था जैसा पठान महिला का होता है। अपने वक्त की खूबसूरत महिला मानी जाती थीं। उनके ससुराल में उन्हें चौदहवीं के चाँद की उपाधि भी मिली थी। मेरे अब्बू और अम्मी की शादी 22 अक्टूबर 1961 में हुई। मेरे अब्बू एक इलेक्ट्रिकल इंजीनियर थे, इसलिए उनकी नौकरी पटना इलेक्ट्रिक सप्लाई में हो गई थी। शादी के बाद मेरी अम्मी(नजमा निसा खानम) कुछ दिनों के लिए अपने ससुराल **बरनावां** चली गईं। उसके बाद, जब मेरे अब्बू (शमीम अहमद) ने "लंगर टोली" पटना में एक घर किराए पर लिया, तो अम्मी को लेकर वहीं रहने लगे।

अभी शादी के कुछ महीने ही गुजरे थे कि मेरी सबसे छोटी फूफी वाजिदा और उनके पति डॉ. मोईन खान ने अच्छे रोजगार और अवसरों की तलाश में ढाका जाने का फैसला किया। जो उस समय पूर्वी पाकिस्तान का हिस्सा था। वहां जाने के कुछ समय बाद जब मेरी फूफी वापस मिलने आईं तो मेरे अब्बू को समझाने लगीं कि यहां कुछ भी नहीं रखा है, तुम वहां चलो, तुम वहां जाकर अपना कारोबार कर सकते हो। तुम्हारे बहनोई का अपना क्लिनिक भी बहुत अच्छा चल रहा है और इस तरह फूफी की बातों से प्रेरित हो कर मेरे अब्बू ने अपनी इलेक्ट्रिक सप्लाई की नौकरी छोड़ कर पूर्वी पाकिस्तान अपनी किस्मत आजमाने की कोशिश करने का सोचा और मेरे दादा और घरवालों के मना करने के बावजूद लाखों की संपत्ति को ठोकर मार कर चले गये।

समय की उस करवट ने हमारे अब्बू-अम्मी के कदम पलायन के लिए उठा दिये और एक बार फिर हमारे खानदान की एक नई पीढ़ी के लोग अपनी मातृभूमि, अपना शहर, अपने लोग और खुशहाल जिंदगी को छोड़कर उस अज्ञात जगह को अपनाने चले गये, जो शायद कभी उनकी थी ही नहीं, जिसकी मिट्टी में न मुहब्बत थी न वफ़ा।

*****

पलायन

स्वतंत्रता संग्राम के बाद मुसलमानों का हिन्दुस्तान छोड़ कर जाने का सिलसिला 1966 तक जारी रहा। भारत के विभिन्न शहरों से लोग अच्छे भविष्य की तलाश में पूर्वी पाकिस्तान और पश्चिमी पाकिस्तान की ओर जा रहे थे। मेरी फूफी जान भी उन्हीं लोगों में से एक थी जो न सिर्फ खुद गईं बल्कि मेरे अब्बू और चाचा को भी साथ ले गईं। शादी के कुछ साल बाद जब फूफी जान ढाका गई और जब फूफा का काम अच्छा चलने लगा तो उनके कहने और समझाने पर मेरे अब्बू भी 1962 में उनके पीछे चले गए, जाते वक्त उन्होंने मेरी अम्मी को इस्माइल मंजिल मेरी नानी के पास छोड़ा और कहा कि मैं वहां जाकर देखता हूं और व्यवस्था कर के फिर तुम को बुलवा लूंगा।

मेरे अब्बू पश्चिम बंगाल की खाड़ी से होते हुए ढाका पहुंच गए। उन दिनों ज्यादातर लोग उसी रास्ते से होकर जाया करते थे। वहां जाकर मेरे अब्बू ने स्थिति का आकलन किया और अपने लिए जगह की व्यवस्था करने के बाद मेरी अम्मी को बुलाने का फैसला किया। मेरे अब्बू एक पारिवारिक व्यक्ति थे और उनका दिल मेरी अम्मी के बिना नहीं लग रहा था। इस बीच मेरी छोटी फूफी, दादा-दादी से मिलने इंडिया जा रही थी तो उनको कहा की अम्मी को भी साथ लेती आएं। इस तरह मेरी अम्मी(नजमा खानम) भी बंगाल की खाड़ी से होती हुई पूर्वी पाकिस्तान पहुंच गईं और फिर यहां से उनकी जिंदगी का एक नया दौर शुरू हुआ। नई जगह, नए लोग। न भाषा मिलती थी, न रहन सहन, न वो खुशहाली थी और न आराम। कुछ दिन रिश्तेदारों के यहां रहने के बाद बड़ी मुश्किल से एक नौकरी मिली, लेकिन फिर भी मेरे अब्बू और अम्मी का दिल

यहां नहीं लग रहा था। अब्बू को पछतावा हो रहा था कि उन्होंने बेकार पटना इलेक्ट्रिक सप्लाई की नौकरी छोड़ दी। मेरी अम्मी को भी अपनी अम्मी की बहुत याद आ रही थी और फिर मेरी बड़ी बहन का जन्म भी होने वाला था। इधर मेरे अब्बू भी चिंतित थे, कहां अपनी फसल, अपने बगीचे के फल और कहां यहां हर चिज के लिए मेहनत करनी पड़ती है और खरीदना पड़ता है। दोनों ने वापस जाने का फैसला किया, लेकिन लोगों ने समझाया कि रुक जाओ वापस जाकर क्या करोगे, अब तो नौकरी भी नहीं है। वहां कोई भविष्य नहीं है। मेरे अब्बू लोगों के समझाने पर रुक गये।

फिर अचानक मेरे अब्बू की नौकरी चली गयी। मेरे अब्बू-अम्मी को बहुत परेशानी का सामना करना पड़ा। मेरे अब्बू काफ़ी परेशान रहने लगे और दूसरी नौकरी की तलाश में लग गए। जब काफी कोशिशों के बावजूद नौकरी नहीं मिल सकी तो अब्बू ने मेरे दादा को पत्र लिखकर पैसा मांगने की सोचा। उस बीच मेरी नानी ने भी अपनी बेटी से मिलने का फैसला किया और वह भी फूफी के साथ ढाका आ गई। इस बीच, मेरे दादा भी अपने बेटे से मिलने और समझाने के लिए 20,000 रुपये लेकर आए, लेकिन लाख समझाने पर भी अब्बू नहीं माने तो उन्होंने 20,000 रुपये अब्बू को व्यवसाय शुरू करने के लिए दे दिए।

ये 20,000 रुपया मेरे अब्बू के लिए बहुत बड़ा सहारा साबित हुआ और जीवन का दूसरा अध्याय भी बन गया। उन पैसो से उन्होंने सिमी ट्रेडिंग कंपनी शुरू किया। इस बीच मेरी बड़ी बहन सिमी खानम की पैदाइश हो चुकी थी। मेरे अब्बू चुकी ढाका में नौकरी कर चुके थे और इलेक्ट्रिकल इंजीनियर होने के कारण कई जगहों पर काम कर चुके थे, लोगों को जानते थे, इसलिए बड़ी-बड़ी कंपनियों में उनको कॉन्ट्रैक्ट मिलने लगे और जिंदगी जैसे पटरी पर आ गई। पैसे भी आने लगा तो मेरे अब्बू ने ढाका टाउन हॉल के पास मुहम्मदपुर

में एक बड़ा सा मकान किराए पर ले लिया, जिसका किराया 150 रुपये था, जिसके निचले हिस्से में मेरी अम्मी के चचेरे भाई अशफाक मामू और उनकी बहन ज़ैबुन खाला रहते थे। उन दोनों का पूरा परिवार नीचे रहता था, हम लोग ऊपर वाली मंजिल पर रहते थे। (वैसे तो, मेरी मौसी का परिवार मोती झील में रहता था क्योंकि मौसा के रेलवे की नौकरी वहां थी, लेकिन ढाका फाल के दौरान वे नीचे आकर रहने लगीं थी)

जैसा कि मैंने बताया कि मेरे अब्बू एक शौकीन इंसान थे, इसलिए उन्होंने उस घर में भी उस समय की सभी सुख-सुविधाएं मुहैया कर दिया था। मेरी अम्मी के पास काम करने वाले चार नौकर हुआ करते थे जो घर के अलावा बच्चों की भी देखभाल करते थे। हमारी नानी भी हमारे साथ ही थीं। घर काफ़ी बड़ा था जिसमें एक खाने का कमरा, एक मेहमान का कमरा, साथ में दो बेड रूम, किचन और दोनों तरफ काफी बड़ा आंगन था। यानी दुनिया की सारी सुख-सुविधाएं हमारे घर में मौजूद थी और जिंदगी बहुत पुर सकुन थी। मेरे अब्बू-अम्मी और हम लोग एक सुखी जीवन जी रहे थे।

वे कहते हैं न कि अल्लाह जो करता है अच्छे के लिए करता है और बंदे की बेहतरी के लिए होता है। भले इंसान उसे समझ नहीं पाए या उस वक्त वह बात उसे बुरी लग रही हो लेकिन दरअसल होता उसकी भलाई के लिए है और यह बात हमें बहुत बाद में समझ आती है। कुछ इस तरह से अल्लाह ने हमें भी हमारे आने वाले कल के लिए आजमाया। हमारी हंसती-खेलती जिंदगी में कुछ ऐसे मोड़ आए जो मेरे अब्बू-अम्मी और हमारे लिए बेहद अप्रिय थे, न तो हालात और न ही समय हमारा साथ दे रहा था। लेकिन अल्लाह बेहतर जानता है न वह हमारे आने वाले बुरे दिन के लिए हमें तैयार कर रहा था और आने वाले वक्त के लिए हमारा सहारा बना रहा था। यह बात हमें युद्धबंदी से छूटने के बाद समझ में आ गई जब वो लम्हा सामने आया तब हमें समझ आया

कि अल्लाह ने हमारे आने वाले कल को खुशहाल बनाने के लिए अभी यह तंगी दी थी।

एक दिन हमेशा की तरह मेरे अब्बू घर से निकले, वह अपने व्यवसाय के सिलसिले में अपने एक ग्राहक से मिलने जा रहे थे और यह अब्बू के जिंदगी का बहुत बड़ा कॉन्ट्रैक्ट था। रास्ते में उनकी मुलाकात एक फकीर से हुई। मेरे अब्बू अक्सर लोगों की मदद किया करते थे, लेकिन उस दिन जल्दी की वजह से उस की बात नहीं सुनी और आगे बढ़ गए लेकिन यह बात उनके दिल में खटक रही थी कि उसे कुछ दे देना चाहिए था। लेकिन जल्दबाजी में उन्होंने अपना स्कूटर आगे बढ़ा दिया और उस जल्दबाजी में उनकी स्कूटर किसी को बचाने की कोशिश में फिसल गया। अब्बू का बहुत बड़ा एक्सीडेंट हो गया। मेरे अब्बू की सीधी टांग घुटना के ऊपर से टूट गई। अब्बू को अस्पताल ले जाया गया और उस वक्त के मशहूर डॉक्टर जमाली ने अब्बू का ऑपरेशन कर के पैरों में रॉड के जरिए बड़ी हड्डी जोड़ कर रॉड पैर के अंदर छोड़ दिया जिसे एक साल तक लगा रहना था। ऑपरेशन बड़ा था और हड्डी जुड़ने में समय लगा। जाहिर है उस हादसे का असर अब्बू के बिजनेस पर भी पड़ा। अब्बू ने फ़ोन लाइन के लिए आवेदन किया था, उस वक्त तक हमारे घर पर कोई फ़ोन नहीं लगा था। अब्बू के सारे फोन नीचे हमारे रिश्तेदारों के यहां ही आते थे। 15 दिन तो अम्मी के अब्बू को लेकर परेशानी में निकल गए उस बीच अम्मी और अब्बू को पता ही नहीं चला कितने फोन आए, न अब्बू के क्लाइंट को कोई खबर हुई न रिश्तेदारों ने बताया जिसका असर यह हुआ कि अब्बू की सारे क्लाइंट धिरे-धिरे हटते चले गए। अब्बू वैसे ही छह महीना बेड पर थे और इस तरह अब्बू का जमा जमाया कारोबार खत्म होने लगा और नौबत नमक रोटी तक आ गई। उस वक्त हम लोग तीन बच्चे थे। अब्बू अम्मी के साथ मैं, बड़ी बहन सिमी और छोटा भाई नदीम और हमारी नानी। हालात दिन-ब-दिन खराब होते जा रहे थे, कमाने वाले सिर्फ मेरे अब्बू थे। वह बिस्तर पर थे और उनके

पास जो पैसा था वह उनके इलाज पर खर्च हो रहा था। वो कहते हैं ना कि जब बुरे दिन आते हैं तो अपने भी साथ छोड़ जाते हैं कुछ उसी तरह हमारे रिश्तेदार भी कर रहे थे। उसी बीच अम्मी ने मेरे दादा को किसी तरह खबर भेजी और एक बार फिर मेरे दादा अब्बू को देखने और पैसा देने आ गए। इस बार दादा 25000 रुपया लेकर आये थे। उनके पैसों से घर के हालात कुछ दिन के लिए संभले। मेरे अब्बू टूट गए थे, उनका चलता-फिरता कारोबार बंद हो गया था। और खुद वह बैसाखी के सहारे चल रहे थे। 8 महीने इसी तरह गुजर गए, लेकिन मेरी अम्मी ने हिम्मत नहीं हारी और हर दिन अब्बू के लिए अखबार में नौकरी ढूंढने बैठ जाती थी। एक दिन (P.I.A) पाकिस्तान इंटरनेशनल एयरलाइंस की नौकरी अखबार में निकली जिस में इलेक्ट्रिकल इंजीनियर की आवश्यकता थी और पूर्वी पाकिस्तान में ही काफी सारी जगह थी। अम्मी ने अब्बू से कहा इसको भर दीजिए, अब्बू ने पहले तो इनकार कर दिया लेकिन मेरी नानी और अम्मी के जोर देने पर नौकरी का आवेदन पत्र भर दिया। अब्बू का कहना था कि नौकरी में कैसे गुजारा होगा। लेकिन मेरी अम्मी का कहना था कि व्यवसाय ना सही घर चलाने के लिए कुछ तो निश्चित मासिक आय होगी। आवेदन दिए 15 दिन हो गए थे और कोई कॉल नहीं आई थी। एक दिन मेरी अम्मी सुबह उठी और अब्बू से बोली कि आज मैंने एक ख्वाब देखा है। एक सफेद लिफाफा आया है जिसके चारों तरफ हरे रंग की लाइन है और उस पर PIA लिखा है। अब्बू ने कहा कि ख्वाब, ख्वाब होते है और तुम तो ऐसे बोल रही हो जैसे P.I.A का लिफाफा देखी हो। उसी दिन शाम को डाकिया एक लिफाफा लेकर आया और वह बिल्कुल वैसा ही था जैसा अम्मी ने देखा था। मेरे अब्बू-अम्मी हैरान रह गए। उस लिफाफे में अब्बू का इंटरव्यू कॉल लेटर था। अब अब्बू जी को परेशानी यह थी कि कलश (बैसाखी) लेकर इंटरव्यू देने कैसे जाएंगे क्योंकि 15 दिन पहले अब्बू का ऑपरेशन कर के Iron Plate निकाला गया था जो हड्डी जोड़ने के लिए लगा था। अम्मी ने कहा कि रिजक देने वाला अल्लाह

है आप हिम्मत करके जाएं। मेरे अब्बू नानी का बहुत सम्मान करते थे और उन्हें मां का दर्जा देते थे। उन्होंने नानी के कहने और अम्मी के आग्रह पर इंटरव्यू देने का फैसला किया। अब्बू हमेशा सफेद कपड़े पहनते थे। इस बार इंटरव्यू देने भी सफेद कपड़े पहन कर अम्मी के साथ चले गए। काफी इंतजार के बाद उनकी बारी आई। देर तक बैठने के कारण मेरे अब्बू के टांके से खून रिसने लगा, और डरते-डरते अंदर गए इंटरव्यू देने, कराची से इंटरव्यू टीम ढाका आई थी जो इंटरव्यू ले रही थी। जो बंदा इंटरव्यू ले रहा था वो मेरे अब्बू का हम नाम था। मेरे अब्बू अंदर गए और रूमाल से अपने जख्म के रिसते खून को ढकने लगे। जो साहब इंटरव्यू ले रहे थे उन्होंने अब्बू से कहा कि इसे छिपाने की जरूरत नहीं है, बल्कि आप यह बताओ की टांके कब तक खुलेंगे और आप कितने दिन के रेस्ट पर हैं। अब्बू ने उनके सवालों के जवाब दिए, उसके बाद अब्बू का इंटरव्यू तकरीबन 15 मिनट तक चला। अब्बू वापस तो आ गए लेकिन निराशा उनके चेहरे पर साफ झलक रही थी और मेरी अम्मी उन्हें दिलासा दे रही थीं कि नौकरी जरूर मिलेगी। अभी इस घटना को एक हफ्ता नहीं गुजरा था कि मेरी अम्मी ने फिर एक सुबह उठ कर कहा कि मैंने फिर वही ख्वाब देखा है, वही सफेद लिफाफा जिस पर हरी पट्टी है और उसमें आपकी नौकरी की खुशखबरी है। मेरे अब्बू ने अम्मी से कहा कि क्यों झूठे दिलासा देती रहती हो, और खुदा की कुदरत देखिए कि फिर उसी तरह शाम के वक्त डाकिया वैसा ही खत लेकर आ गया, और यह लेटर अब्बू के चयन और नौकरी ज्वाइन करने की थी। उसमें अब्बू को एक महीने बाद नौकरी पर रिपोर्ट करने को कहा गया था। मेरी अम्मी की खुशी का कोई ठिकाना नहीं था लेकिन मेरे अब्बू थोड़े परेशान थे। उस नौकरी में वेतन 700 रुपये थी और यही समस्या का कारण था। अब्बू का कहना था कि 700 रुपये में कैसे गुजारा होगा। कहां इतनी उदारता से खर्च करना और कहां बंधी हुई आमदनी। लेकिन मेरी अम्मी ने कहा कि कुछ न होने से होना बेहतर है। कम से कम ये उम्मीद तो रहेगी कि

हर महीने कुछ पैसा आ जाया करेगा जब तक आपको कोई और काम नहीं मिल जाता। आखिरकार, अम्मी और नानी के बहुत समझाने के बाद, मेरे अब्बू ने P.I.A में नौकरी करने का फैसला किया और बेदिली के साथ ज्वाइन करने गए। अम्मी दुआ करती रहीं कि सब कुछ ठीक से हो जाए और आज पहले दिन अब्बू संतुष्ट होकर लौटे। अब्बू ज्वाइन करने का कह कर गए थे और बोला था कि 2 घंटे में वापस आ जाएंगे, कागजी कार्रवाई करके, लेकिन अब्बू को आने में 4 घंटा लग गया। अम्मी बहुत परेशान हो कर बार-बार बालकनी में घुम रही थी। अम्मी ने देखा कि अचानक (फट फटिया) आटो रिक्शा आकर रुका और वह भी एक नहीं दो-दो। अब्बू एक आटो रिक्शा से बाहर आये और अम्मी को नीचे आने के लिए कहा। अम्मी नीचे गई तो देखा कि दोनों आटो पर बहुत सारा सामान भरा हुआ है। ऐसा लग रहा था जैसे अब्बू ने पूरा बाज़ार उठा लिया था। अब्बू जी काफी खुश थे और कह रहे थे कि तुम्हारी बात मान कर मैंने सही फैसला किया। अब्बू और अम्मी की खुशी का ठिकाना नहीं था। अम्मी ने अब्बू से पुछा कि आप नौकरी ज्वाइन करने गए थे और आपके पास इतने पैसे भी नहीं थे कि आप खरीदारी करते उस पर अब्बू ने बताया कि वेतन भले ही 700 रुपये है लेकिन उसके साथ-साथ हर महीने का पूरा राशन फ्री मिलेगा उसके अलावा हर सप्ताह, पूरे सप्ताह भर के लिए बिस्कुट, दूध, अंडा, ब्रेड, जाम और फल ऑफिस के कैंटिन से ले सकते हैं जिसका मुझे कूपन मिला है। इसके अलावा मेडिकल फ्री है। उनका अपना डाक्टर है और साथ ही हवाई सफर फ्री है। हालांकि कहने को तो यह अर्ध सरकारी नौकरी थी, लेकिन सुविधा सभी सरकारी नौकरियों वालों की तरह थी। इसलिए जैसे ही मुझे कूपन मिला, मैंने राशन और सारा सामान घर के लिए ले लिया। इसलिए देर हुई। समझो मुझे एक शाही नौकरी मिल गई है। और उस नौकरी में काफी बरकत है। अब आप सोच रहे होंगे कि मैंने कहा कि जो होता है अच्छे के लिए होता है, तो उसमें नई क्या बात थी कि एक्सीडेंट हुआ और फिर नौकरी मिली तो

यह बात आप को हमारे जंगी कैदी से रिहा होने पर यानी कहानी खत्म होने के बाद पता चलेगा कि खुदा जो करता है वह अच्छे के लिए करता है और जो वह प्लान करते हैं वह हमारी समझ में बहुत बाद में आता है।

जिंदगी एक बार फिर से पटरी पर आ गई और काफी खुशी के साथ वक्त गुजरने लगा। दुनिया की सारी सुख-सुविधाएं हमारे घर में फिर से लौट आई थीं और इस बीच मेरे अब्बू ने एक कार भी खरीदी थी। क्योंकि एक्सीडेंट के बाद से वह स्कूटर चलाने से डरने लगे थे। मेरे घर फोन भी लग चुका था। यानी अब किसी बात की कोई चिंता नहीं थी, न इलाज का खर्च, न खाने-पीने की चिंता, न घूमने-फिरने के लिए टिकट खरीदना था। खुदा ने पहले से ज़्यादा और बेहतर दिया। अब मेरे अब्बू भी उस नौकरी से खुश थे। पूर्वी पाकिस्तान में रहते हुए काफी समय बीत गया था। वह हरी-भरी भूमि जैसे मेरे अब्बू-अम्मी को रास आ गई थी। ढाका का टाउन हॉल का इलाका अच्छे इलाकों में माना जाता था। काफी बड़े-बड़े घर थे और सभी खाते-पीते लोग वहां पर रहते थे। मुझे आज भी वो बच्चपन का दिन याद है। कहते हैं कि कुछ बातें दिमाग पर हमेशा के लिए अंकित हो जाती हैं। हमारे घर के सामने वाले घर के साइड वाले घर में काफी बड़ा पीपल और इमली का पेड़ था। उनके बाहर की ज़मीन मिट्टी की थी जिस पर वह हर हफ़्ते चिकनी मिट्टी लगाते थे। हमें वह ज़मीन बहुत पसंद थी। शाम को हम सभी बच्चे उनकी जमीन पर निशान लगा कर एक किट, दो किट खेलते थे। पता नहीं आजकल बच्चे उस खेल को क्या कहते हैं। हम लोग रोज यह खेल खेलते थे और उस घर में रहने वाली बुजुर्ग जिन्हें हम इमली वाली नानी कहते थे, वो कहती थी कि कमबख्तों जमीन पर निशान लगा कर नहीं खेलते बरकत खत्म हो जाती है। घर बर्बाद हो जाता है। मुझे नहीं पता कि उनका विश्वास सही था या ग़लत, लेकिन घर तो सबके उजड़ गए और उस युद्ध में जाने वाले वह लोग कहां गए या उनका क्या हुआ पता नहीं।

मेरे घर के बगल में एक अंकल रहते थे जो पुलिस में काम करते थे, जिनके घर के लिए बिजली की लाइन मेरे अब्बू ने हमारे घर से दी थी। हम बच्चों से उनकी कभी नहीं बनी, जब भी हमारा झगड़ा होता तो हम उनकी बिजली लाइन का प्लग निकाल देते थे और फिर अब्बू हमारी खूब खबर लेते थे। उनको हम लोग पुलिस वाले अंकल बुलाते थे। क्योंकि वह थोड़ा मोटे थे तो हम उनको गुस्से में मोटे सेठ कहा करते थे। अजीब व गरीब फैमली थी। पूरे परिवार का काम यह था कि रात होते ही वे और उनके बच्चे पूरे मोहल्ले से, जहां-जहां घर बन रहे होते थे, वहां से ईंटें इकट्ठा करते थे और दिन में उन ईंटों को जोड़कर कमरे बना देते थे, इस तरह उनके तीन कमरे बन गए थे। टिन की छत थी। आने वाले कल से बेखबर उनका मकान इस तरह से बन रहा था, भले ही ईंटें चोरी के थे लेकिन जमीन उनकी अपनी थी। घर उनका अपना था। उस पुलिस वाले अंकल के बगल में हमारे पड़ोस का सबसे बड़ा मकान था तीन मंजिला जिसमें तीन भाई रहते थे, उस घर में ज्यादा औलाद लड़के थे लड़की सिर्फ एक थी। मुझे आज भी उसका नाम याद है "सबा" इकलौती होने के कारण उसकी ज्यादातर ख्वाहिशें मिनटों में पूरी हो जाती थीं। उसकी गुड़िया की शादी आज भी मुझे याद है और युद्ध के दौरान जो हुआ वह भी। उस बच्ची की गुड़िया की शादी में 500 लोगों को आमंत्रित किया गया था और 5 दिनों तक रस्में चली थी और हम सभी अपनी-अपनी गुड़िया लेकर गए थे और उसके कजन अपनी गुड्डे की बाकायदा बारात लेकर आए थे। क्या शादी थी उस समय के हिसाब से इतनी धूमधाम से हुई कि किसी लड़की कि हकीकत में ऐसी शादी नहीं होगी। हमारे घर के ठीक सामने मोहन अंकल रहते थे उस वक्त वह बिल्कुल नौजवान लड़के थे। उनके एक मामा थे, अब उनका नाम क्या था ये तो नहीं पता लेकिन अम्मी और मामी उन्हें मोहन के मामा कह कर बुलाती थी और हम सब मामा। पता नहीं वह दिमागी तौर पर कमजोर थे या कोई और परेशानी थी लेकिन उनकी हरकतें ऐसी थी कि लोगों को हंसने पर मजबूर कर देती थी।

मेरी अम्मी और मामी के वह एकमात्र मनोरंजन के साधन थे। अम्मी और मामी काम ख़त्म करके हमारी बालकनी में बैठ जाया करती थी और उनकी अजीब व गरीब हरकतें देखती थी। अगर वह कोई सामान खरीद कर लाते तो दरवाजा खोलने के लिए जोर-जोर से दरवाजा पीटते और उस वक्त तक अंदर नहीं जाते जब तक की उन्हें तसल्ली न हो जाए कि सामने वाली भाभियों ने उन्हें देख लिया है। जब मोहन के मामा की शादी हुई तो दुल्हा बनने से लेकर दुल्हन लाने तक हर बात शोर मचा कर कहते कि सामने वाली भाभी देख लें और शादी के बाद पत्नी को अगर घुमाने ले जाते तो दरवाजे के बाहर आ कर जोर-जोर से कहते चलोगी 'चलोगी' चलोगी घुमने। बहरहाल बहुत ही खट्टी-मीठी सी जिंदगी थी। आप सोच रहे होंगे कि मैं उन लोगों का जिक्र क्यों कर रही हूं। क्योंकि यह लोग हमारे जीवन का हिस्सा थे और दुख-सुख के साथी थे, उस युद्ध में सब के साथ जो हुआ उसके बारे में बताना जरूरी है।

जिंदगी अपने तरीके से चल रही थी। मानो हर तरफ बसंत के रंग थे, किसी चीज़ की कोई कमी नहीं थी, घर हर सुख-सुविधा से भरा हुआ था, पिकनिक, पार्टी, खेल-कूद सब अपने चरम पर था। हमारे घर, एक बंगाली लड़का रहता था उसका कोई नहीं था। उस लड़के का पालन-पोषण मेरे अब्बू-अम्मी ही कर रहे थे। कहने को तो वह एक काम वाला था, लेकिन वह न सिर्फ हमारे घर का हिस्सा था, बल्कि हमारे अब्बू-अम्मी उसे बेटे की तरह मानते थे। उसकी उम्र 12 साल थी और नाम अब्दुल था। ढाका में रहते हुए हमें यह याद नहीं था कि हम खान हैं, बिहारी हैं या बंगाली हैं। लोग इतने प्यार व मुहब्बत से रहते थे कि किसी को किसी की जाति का पता नहीं चलता था, लेकिन शायद किस्मत में अभी और इम्तिहान बाकी थे और बहुत से हादसे लिखे थे, जिंदगी के बहुत रूप देखने बाकी थे।

*****

ढाका का पतन

ढाका अपने रंग ढंग में था और वहां रहने वाले लोग अपनी धुन में मग्न थे, तभी अचानक पूर्वी पाकिस्तान में स्थिति बिगड़ने लगी। उसका कारण पुरी तरह से राजनीतिक था। अब, अगर आप उस समय के पूर्वी पाकिस्तान और पश्चिमी पाकिस्तान को भौगोलिक दृष्टि से देखें तो विभाजन ही गलत था। ऊपर से पूर्वी पाकिस्तान में रहने वाले लोग पश्चिमी पाकिस्तान के भेदभावपूर्ण रवैये से परेशान थे। दूसरी ओर, आर्थिक समस्या थी, इसके साथ-साथ संस्कृति और भाषा में अंतर था। अब, यह राजनीतिक कारण रहा होगा कि पूर्वी पाकिस्तान के लोग उर्दू को अपनी राष्ट्रीय भाषा के रूप में स्वीकार करने को तैयार नहीं थे और पश्चिमी पाकिस्तान बांग्ला भाषा को स्वीकार करने के लिए तैयार नहीं था, और शायद यही विवाद का आधार था। यह अलग बात है कि राजनीति, चुनाव और कई अन्य मुद्दे भी स्थिति को बिगाड़ने का कारण बनते गए और हालात तेजी से बिगड़ती चली गई।

शहर के बिगड़ते हालात को देखते हुए मेरे अब्बू ने हमें कराची भेजने का फैसला कर लिया और हम सब को कराची लेकर आ गए। उस समय की पहली अपार्टमेंट बिल्डिंग "अल आज़म स्क्वायर" कराची के करीमाबाद इलाके में बनी थी। उसे बहुत ही बढ़िया प्लानिंग के साथ बनाया गया था। हर दो ब्लॉक के बीच में एक बगीचा था। मेरे अब्बू को वह अपार्टमेंट बहुत पसंद आया और उसमें उन्होंने एक फ्लैट किराए पर लिया और हम पूरा परिवार रहने लगे, जिसमें मेरी अम्मी नानी, मेरी बड़ी बहन सिमी, मैं (रोज़ीना), मेरा छोटा भाई नदीम और छोटी बहन नाज़िया और रेहान शामिल थे। उस समय मेरे अब्बू ने मेरा

और मेरी बहन का नाम कराची के दिल्ली पब्लिक स्कूल में लिखवा दिया था। नर्सरी और L.K.G तक जाने के लिए, हमें केवल रेलवे लाइन पार करनी थी, जो हमारे फ्लैट के पास था। वहां एक महिला थी जो हम दोनों को स्कूल ले जाती थी। नदीम स्कूल नहीं जाते थे, रेहान गोद में थे और नाज़िया 12 महीने की थी। मेरे दो भाई-बहनों की उम्र में केवल एक वर्ष का अंतर था, इसलिए एक को नानी और दूसरे को मेरी अम्मी संभालती थी। नाज़िया को नानी देखती थी। हम लोगों को कराची में छोड़कर मेरे अब्बू अपने काम के लिए वापस ढाका चले गए। कराची में भी मेरे अब्बू ने पूरा घर सजा दिया था और ढाका में भी एक घर था। अम्मी काफी परेशान रहती थी।

मेरे अब्बू ने कहा कि चिंता की कोई बात नहीं है, टिकट फ्री है। मैं जब चाहूंगा आ जाऊंगा या तुम लोगों को मिलने के लिए बुला लिया करूंगा। बस हालात ठीक होने दो। तुम अकेली नहीं हो, अम्मा और बच्चे तुम्हारे साथ हैं।

अम्मी ने कहा कि "मेरा दिल आप में लगा रहता है"।

मेरे अब्बू ने कहा "मेरा भी दिल बच्चों के बिना नहीं लगता है। बस थोड़ा सब्र रखो और चुनाव वगैरह और स्थिति सामान्य होने दो।

अब्बू के जाने के बाद मेरी अम्मी अपने बच्चों की दुनिया में मग्न हो गईं। कराची में शांति थी और जनसंख्या भी कम थी। मेरी अम्मी जो कभी घर से बाहर नहीं गई थीं, पटना से ढाका तक उनके पास नौकर मौजूद रहे लेकिन कराची आने के बाद, उन्हें घर के अंदर और बाहर सब कुछ देखना पड़ रहा था। एक महिला जो मेरे घर का काम करती थी वो मुझे स्कूल ले जाती थी और स्कूल से ले आती थी। ढाका में मेरे अब्बू का काम अब्दुल देखता था और दो बंगाली काम करने वाली घर का बाकी काम करती थी। मेरी अम्मी एक सामाजिक महिला थी, इसलिए पड़ोस में उनकी दोस्ती जल्दी हो जाती थी। उन दिनों एक-दूसरे के घर व्यंजन भेजकर दोस्ती कायम की जाती थी। ढाका

की तरह मेरी अम्मी ने यहां भी दोस्ती कर ली और शाम को पार्क में बच्चों के साथ जा कर पड़ोसियों से बातचीत करती थी और इस तरह उनके बहुत सारे काम पड़ोसी कर दिया करती थी। हम सभी इस नए शहर में बहुत खुश थे। वहां बगीचा था, झूला था, और दोस्त थे। इस बीच मेरे अब्बू भी दो बार आकर जा चुके थे। अम्मी खुश थी कि दोनों जगहों पर घर है। हम अपने दोस्तों को बताते थे कि हम हवाई जहाज से आए हैं और हमारे अब्बू भी हवाई जहाज से आते-जाते हैं, लेकिन कभी-कभी सभी को ढाका वाला घर और ढाका की बहुत याद आती थी। इसी तरह 6 से 8 महीने बीत गए।

एक दिन अचानक मेरे अब्बू कराची आए और मेरी अम्मी से कहा कि मेरा दिल बच्चों और तुम्हारे बिना नहीं लग रहा है। ढाका वापस चलने की तैयारी करो। अब ढाका में पाकिस्तानी सेना भी आ चुकी है और स्थिति नियंत्रण में है।

अम्मी ने कहा मैंने यहां सब कुछ व्यवस्थित कर लिया है, यहां बहुत सारा सामान है, फिर बच्चों का स्कूल है, और अभी भी स्थिति पूरी तरह से ठीक नहीं हैं।

मेरे अब्बू ने कहा कि हालात बेहतर हैं, वैसे भी मुझे तुम लोगों की चिंता रहती है और कोई काम भी नहीं कर पा रहे है। बेहतर होगा कि हम साथ रहें।

अम्मी ने कहा कि ठीक है, बच्चों का स्कूल से नाम कटवा देती हूं। मकान मालिक को भी बताना पड़ेगा, बाकी मैं सोच रही हूं कि बर्तन मैं भाभी के पास रख दूं। (भाभी हमारी मामी थी जो ढाका में हमारे घर में नीचे रहती थीं।) अपना घर बनवा के वो ढाका से कराची आ गई थीं।

अब्बू ने कहा कि जो भी करना है मुझे बता दो मैं टिकट ऑफिस से बनवा लेता हूं। अब जो भी दुख सुख हो हम साथ रहेंगे और परिस्थितियों का सामना एक साथ करेंगे।

अम्मी ने कहा कि ठीक है मैं सब कुछ कर के आप के साथ चलती हूं। आगे खुदा मालिक है।

जिस तरह मेरे अब्बू की दुर्घटना खुदा की मर्जी थी, उसी तरह मेरी अम्मी का कराची में घर का जरूरी सामान रखवाना भी खुदा की मर्जी थी। इंसान नहीं जानता जो खुदा जानता है और कहते हैं कि जो होना है उसे कोई नहीं रोक सकता, और जो भाग्य में लिखा होता है वह होकर रहता है, चाहे व्यक्ति कुछ भी कर ले, और यही हमारे साथ भी हुआ। अच्छा खासा कराची में थे, मेरे अब्बू की घबराहट हमें वापस उस जगह ले गई जहां से आगे की एक लंबी कहानी शुरू होने वाली थी और परेशानियों का एक नया सिलसिला शुरु होना था।

एक बार फिर मेरी अम्मी कराची में अपना बसा बसाया घर छोड़कर वापस अपने ढाका वाले मकान में आ गईं। हालात कुछ हद तक सामान्य हो गए थे, हमारी जिंदगी भी थोड़ी सामान्य चल रही थी। ढाका के स्कूल में हमारा नाम लिखा दिया गया। हम बच्चों की अपनी शरारतों तो चरम पर थी ही, लेकिन इस बार हमें बाहर ज्यादा खेलने नहीं दिया जाता था, यह कहते हुए कि हालात खराब हैं और हमें बाहर कम जाना चाहिए। मेरे अब्बू के पास दो कारें थीं, एक Foxy जो एक छोटी कार थी, और एक Van जिसे हम पिकनिक पर ले जाते थे। मेरे अब्बू हमेशा दोनों गाड़ियों में पेट्रोल भरकर रखते थे ताकि किसी आपात स्थिति में ईंधन की समस्या न हो।

माहौल में एक अजीब तनाव था। मुक्ति बानी की गतिविधियां चरम पर थी और पाकिस्तानी सेना के लोग उन्हें जगह-जगह से गिरफ्तार कर रहे थे। माहौल

में तनाव बढ़ता जा रहा था। पड़ोस में रहने वाले बंगाली परिवार के लोग ठीक से बात नहीं करते थे। हमारे घर के एक तरफ तो वो पुलिस अंकल रहते थे और दूसरी तरफ एक बहुत बड़ा घर था जो किसी बंगाली मुसलमान का था और वो कराची में रहते थे। घर उनका बंद रहता था। मेरी मामी कराची जा चुकी थी और मौसी और उनके बच्चे नीचे अपने घर में थे। मुक्ति बानी के खिलाफ पाकिस्तानी सेना की कार्रवाई के कारण स्थिति और माहौल में तनाव था। मेरे अब्बू के एक बंगाली दोस्त थे, रहमान साहब, जो P.I.A में ही काम करते थे और उनका हमारे घर आना-जाना लगा रहता था। उनके दो बेटे थे। एक दिन रहमान अंकल और उनकी पत्नी हमारे घर आये और मेरे अब्बू से परेशान होकर कहने लगे।

शमीम, मैं बहुत परेशान हूं, मुझे तुम्हारी मदद की जरूरत है।

मेरे अब्बू ने पूछा कि क्या बात है रहमान भाई? आराम से बैठकर पानी पीजिए, और अपनी परेशानी बताइए।

रहमान अंकल ने बताया कि उनके दोनों बेटों को सेना के लोग उठा कर ले गए हैं। उनका कहना है कि वह मुक्ति बानी के लिए काम करते हैं।

मेरे अब्बू ने पूछा कि आप के बेटों को कहां ले गए हैं।

रहमान अंकल ने कहा कि मुझे नहीं पता, मैंने बहुत ढूंढा लेकिन पता नहीं चल रहा है। संभवतः उन्हें किसी अज्ञात स्थान पर ले गए हैं।

मेरे अब्बू ने कहा कि देखिए मैं कोशिश करता हूं। सेना के कुछ लोगों को मैं जानता हूं, जिनके यहां मैंने बिजली का काम करवाया था। उनसे मिलने की कोशिश करता हूं अगर मुलाकात हो गई तो उनसे बात करता हूं। स्थिति तो आप जानते ही हैं।

रहमान अंकल ने कहा कि आप कोशिश करें, बाकी सब खुदा पर निर्भर है।" मैं आपका आभारी रहूंगा।

मेरे अब्बू ने रहमान अंकल को अपने साथ लिया और चाची को अम्मी के पास रुकने को कहा। मेरी अम्मी और नानी उन्हें सांत्वना देने लगीं। बड़ी मुश्किल से किसी तरह मेरे अब्बू की मुलाकात पाकिस्तानी सेना के एक अफसर से हुई तो मेरे अब्बू ने उन को पूरी बात बताई और मदद मांगी।

मेरे अब्बू ने अफसर से कहा कि साहब, मैं रहमान साहब को जानता हूं। वह बहुत शरीफ आदमी हैं और उनके दोनों बेटे मेरे बेटों की तरह हैं।

उस अफसर ने कहा कि देखो, पहली बात तो यह है कि मुझे नहीं पता कि किसने किस को पकड़ा और कहां ले गए हैं, और अगर कार्रवाई हुई है तो खबर पक्की होगी।

मेरे अब्बू ने कहा कि मालूम कीजिए कोई ग़लतफ़हमी भी हो सकती है। एक नाम वाले हजारों बच्चे हैं। हो सकता है कि धोखे में पकड़ा हो।

अफसर ने दोनों का हुलिया पुछा और कहा देखता हूं लेकिन वादा नहीं कर सकता।

मेरे अब्बू और रहमान अंकल सारी जानकारी देकर लौट आये। रहमान अंकल की पत्नी का रो-रो कर बुरा हाल था। मेरी अम्मी उन्हें सांत्वना दे रही थी। रहमान अंकल और आंटी के जाने के बाद मेरी अम्मी ने अब्बू से पुछा, आप को क्या लगता है वो मिल जाएंगे।

मेरे अब्बू ने कहा कि देखो क्या होता है। सेना की कार्रवाई है और फिर ये बंगाली हैं और ऊपर से वह उसे मुक्ति बानी से जोड़ रहे हैं। खुदा ही जानता है अगर मेरे हाथों किसी की भलाई लिखी होगी तो जरूर मिल जाएंगे।

मेरी अम्मी ने पूछा कि वह सचमुच मुक्ति बानी में हुए तो?

मेरे अब्बू ने कहा कि ऐसा नहीं लगता। मैं दोनों बच्चों से मिल चुका हूं और वो काफी शरीफ और विनम्र हैं।

दूसरे दिन मेरे अब्बू और रहमान अंकल फिर उस अफसर से मिलने गए क्योंकि उन्होंने उन्हें बुलाया था। वह अफसर मेरे अब्बू का बहुत सम्मान करते थे क्योंकि अब्बू ने उनके निजी घर में उनके लिए कई छोटे-बड़े बिजली के काम कराए थे। जब मेरे अब्बू और रहमान अंकल वहां पहुंचे तो अफसर मेरे अब्बू को किनारे ले गए और कहा:

क्या तुमको यकीन है कि उनका बेटा किसी भी मामले में शामिल नहीं है।

मेरे अब्बू ने कहा, "हां, मैं पक्के तौर पर नहीं कह सकता, लेकिन मैं उन दोनों से मिल चुका हूं। मुझे वह बहुत शरीफ बच्चे लगते हैं।" उन लोगों का हमारे घर भी आना-जाना है। बात क्या है, साहब?

अफसर ने कहा कि उन दोनों बच्चों पर हथियारों की तस्करी का आरोप है।

मेरे अब्बू ने कहा कि अब क्या होगा साहब? मैं उनके अब्बू से क्या कहूं? उन्होंने ने कहा आओ मेरे साथ। मेरे अब्बू और वह अफसर दोनों रहमान अंकल के पास आ गए। फिर अफसर ने रहमान अंकल से कहा कि:

रहमान, मैंने उन दोनों को खोज लिया है। दोनों पर हथियारों की तस्करी का आरोप है, जो बहुत गंभीर आरोप है।

रहमान अंकल ने कहा कि यह झूठ है। मैं आपके हाथ जोड़ता हूं, मेरा बेटा ऐसा नहीं है। वह ऐसा काम नहीं कर सकता।

उस अफसर ने कहा कि मैं कोशिश कर रहा हूं। तुम दोनों यहीं रुको। मैं आता हूं।

यह कहकर वह चले गए। वापस आकर उन्होंने मेरे अब्बू और रहमान अंकल से कहा चलो मेरे साथ। मेरे अब्बू, वह अफसर और रहमान अंकल उस जगह गए जहां उन लोगों को बंद किया गया था। मेरे अब्बू और रहमान अंकल को बाहर छोड़कर वह अंदर चले गए। काफी देर के बाद जब वह वापस आए तो उनके साथ रहमान अंकल के दोनों बेटे भी थे। उन्होंने कहा कि यह लीजिए, आपके दोनों बेटे आ गए हैं, लेकिन उनसे कहिएगा कि सावधान रहें, स्थिति ठीक नहीं है, हम बार-बार मदद नहीं कर सकते।

रहमान अंकल सजदे में गिर पड़े और ऑफिसर का शुक्रिया अदा करने लगे।

उन्होंने कहा कि रहमान साहब खुदा का और शमीम साहब का शुक्रिया अदा कीजिए, जिनको खुदा ने एक जरिया बनाया और अपने बेटों से कह दें कि अगर मुक्ति बानी से जरा भी संबंध है तो वह उनका साथ छोड़ दें। किस्मत हमेशा आपका साथ नहीं देती।

मेरे अब्बू उस ऑफिसर का शुक्रिया अदा कर के रहमान अंकल के साथ घर वापस आ गए। आंटी अपने बेटों को देखकर खुशी से फूली नहीं समा रही थी।

फिर रहमान अंकल ने अपने बेटों से कहा कि बेटा, तुम दोनों शमीम अंकल का शुक्रिया अदा करो कि उनके कारण तुम लोगों की जान बच गई और उनकी वजह से तुम लोगों को अब एक नई जिंदगी मिली है, इसलिए उनका एहसान कभी मत भूलना।

मेरे अब्बू ने कहा कि मैंने कुछ नहीं किया। जो करता है खुदा करता है वो केवल अपने बन्दों को एक माध्यम बनाता है। जीवन और मृत्यु उसके हाथ में है।

और यह बात सच थी कि मेरे अब्बू को खुदा ने माध्यम बनाया था, आने वाले बुरे समय में हमारी रक्षा करने के लिए, खुदा जो कुछ भी करता है, वह हमारे भले के लिए ही करता है।

फिर रहमान अंकल ने मेरे अब्बू से कहा कि शमीम भाई मेरा वादा है कि जीवन में कभी भी कोई मुश्किल वक्त आए और आपको हमारी जरूरत पड़े तो याद कर लीजिएगा।

उस समय मेरे अब्बू-अम्मी और रहमान अंकल के परिवार के चेहरों पर एक अजीब सी खुशी देखी जा सकती थी। प्रेम, मानवता और भाईचारे की।

क्योंकि उस समय एक अजीब सा माहौल बन गया था। बंगालियों और गैर-बंगालियों के बीच संघर्ष चल रहा था। बंगाली मुसलमानों ने "मुक्ति बानी" नामक एक सेना का गठन किया था और गैर-बंगालियों ने भी "बद्र" नामक एक "स्वयंसेवी समूह" का गठन किया था। काफी परेशानी और चिंता में दिन गुजर रहे थे। हम जैसे आम लोगों की हालत बद से बदतर होती जा रही थी। कुछ समझ में नहीं आ रहा था कि भविष्य में क्या होगा। कभी आर्मी "मुक्ति बानी" के लड़कों को पकड़ कर ले जाती थी और कभी "मुक्ति बानी" "बद्र" के लड़कों को उठा कर ले जाती थी। कभी किसी गली या मोहल्ले में लोगों के मारे जाने की खबर आती और पूरा शहर या पूर्वी पाकिस्तान एक तरह से जल रहा था।

एक दिन मेरे अब्बू हर दिन की तरह टीवी देख रहे थे और बच्चों के जल्दी नहीं सोने पर गुस्सा हो रहा थे, तभी अचानक खबर आने लगी कि युद्ध छिड़ गया है। मेरे अब्बू ने जल्दी से टीवी बंद करके रेडियो चालू कर दिया। उस समय इंदिरा गांधी जी भाषण दे रही थीं और कह रही थीं कि पाकिस्तान के साथ युद्ध शुरू हो गया है। पता नहीं उस वक्त रात का वह कौन सा समय था कि अचानक पूरे शहर की लाइट बुझ गई। मैंने अब्बू को कहते सुना की "युद्ध छिड़ गया है"

और "ब्लैक आउट हो गया है", और पूरे शहर में सायरन की आवाज गूंजने लगी। मुझे आज भी वह सायरन की आवाज चुभती है। सायरन की आवाज बजते ही हम सब नीचे वाले घर में चले गए। मौसी के बच्चे और हम सब बच्चों को एक कमरे में पेट के बल लेटा दिया गया। सभी खिड़कियों और दरवाजों पर कम्बल डाल दिया गया ताकि मोमबत्ती की रोशनी बाहर न जा सके। अचानक ऐसा लगा जैसे सूरज निकल आया हो। हमने अब्बू को यह कहते हुए सुना, "उन्होंने विमान से कुछ ऐसा फेंका है जिससे रोशनी हो रही है, शायद वो यह देख रहे हो कि आबादी और हवाई अड्डा कहां है (असल में, हवाई अड्डा हमारे घर से थोड़ी ही दूरी पर था)। सभी महिलाएं भयभीत थीं, लेकिन उस रात हमारे इलाके में कोई बमबारी नहीं हुई। हवाई अड्डे पर बमबारी हुई, जिससे हवाई अड्डे को मामूली क्षति हुई।

दूसरे दिन सायरन फिर बजने लगा, जिसका मतलब था कि फिर कोई लड़ाकू विमान आ रहा है, सभी लोग दौड़ कर पनाह की तलाश में भागने लगे। हमारे घर की सीढ़ियों के नीचे एक बड़ी खाली जगह थी। अब्बू ने हम सभी बच्चों को अम्मी और नानी के साथ सीढ़ियों के नीचे बैठने को कहा और खुद मेरे दोनों छोटे भाइयों को बाजू में दबा कर एक पेड़ के नीचे बैठ गए। हमारी समझ में कुछ नहीं आ रहा था कि आखिर कोई बिना किसी कारण के हम पर बम क्यों गिराएगा या कोई हमें क्यों मारेगा जबकि हमने कुछ किया ही नहीं। लड़ाकू विमान ने फिर बमबारी की और इस बार हवाई अड्डे को काफी नुकसान पहुंचा। फिर उसके बाद पूरे दिन शांति रही। रात को मेरे अब्बू और पूरे परिवार ने फैसला किया कि कोई भी ऊपर नहीं रहेगा और बमबारी से बचने के लिए सभी के लिए सीढ़ियों के नीचे जगह बनाई गई और उनसे कहा गया कि वे यहीं रात बिताएंगे।

अब्बू ने अम्मी से कहा कि नजमा, मुझे नहीं पता कि यह युद्ध कब तक चलेगा और क्या हालात होंगे। तुम बच्चों को कहीं आने जाने नहीं दोगी। सूर्यास्त से पहले जो भी काम करना हो, निपटा लो और सब को खाना भी खिला दो।

अम्मी ने कहा कि मेरी समझ नहीं आ रहा कि क्या होगा। बार-बार हम पर ही दुखों के पहाड़ क्यों टूटते हैं।

मेरे अब्बू ने कहा कि अब जो होगा देखा जाएगा। खुदा जीवन और मृत्यु का मालिक है। हमेशा खुदा ने मदद की है और भविष्य में भी खुदा का ही एकमात्र सहारा है।

रात सब की थोड़ी सुकून से कटी। सुबह जिंदगी थोड़ी पटरी पर आई। दुकानें खुली थीं और लोग रोज़मर्रा की ज़रूरत की चीज़ें खरीद रहे थे। हम बच्चों को भी जलेबियां खाने की ख्वाहिश होने लगी। सिमी आपा बहुत चंचल थी और मेरी उनकी बहुत बनती थी। उस समय अब्बू नहा रहे थे और अम्मी रसोई में थीं। मैंने और आपा ने चुपके से दराज से पैसे लेकर बाहर निकल गए। जलेबी की दुकान बराबर वाली गली में थी। अभी मैं जलेबियां खरीद ही रही थी कि सायरन की आवाज बजने लगी। मैं और सिमी आपा जल्दी से घर की ओर भागे, लेकिन रास्ते में एक विमान आ गया और हम दोनों भागकर पास के एक घर के गैराज में छिप गए। जब विमान गुजर रहा था, हमने देखा कि अब्बू तेजी से सड़क पर दौड़ रहे हैं और हमें आवाज दे रहे हैं। हमने उन्हें आवाज दी उस वक्त उनकी नजर हम पर पड़ी और दौड़कर जिस तरह उन्होंने हम दोनों बहनों को गले लगाया वो दिन मैं आज तक नहीं भूली। सचमुच, अब्बू-अम्मी दया की वह छाया हैं जिनके बिना संसार सूना हो जाता है। उन्होंने अपनी जान की परवाह तक नहीं की। उस समय उनका डांटना, फिर प्यार करना और फिर डांटना हमारी समझ में नहीं आ रहा था, लेकिन अब जब अम्मी बनी हूं तो समझ में आता है कि बच्चों के लिए दिल में कैसा दर्द होता है।

उसी शाम एक और घटना घटी। एक विमान आग लगने के कारण टाउन हॉल के पास दुर्घटनाग्रस्त हो गया। हम लोगों ने पायलट को पैराशूट से छलांग लगाते हुए देखा और हमारी तरह अन्य लोगों ने भी देखा। लोग उस दिशा में दौड़े जहां विमान दुर्घटनाग्रस्त हुआ था। हम भी अब्बू के साथ उस दिशा में दौड़े। लोग गुस्से में कुछ बोल रहे थे और मेरे अब्बू पूछ रहे थे कि कहां गिरा है और मैं सोच रही थी, बेचारा ऊपर से गिरा है, पता नहीं उसे कितनी चोट लगी होगी। जब हम करीब पहुंचे तो लोग जहाज के टुकड़े ले कर जा रहे थे और कुछ दूर पर हमें एक भीड़ दिखाई दी और मारो-मारो की आवाज सुनाई दी। मेरे जीवन की वो पहली भयावह घटना थी कि मैंने एक इंसान को दूसरे इंसान के द्वारा पीटते हुए देखा। हां, यह वही पायलट था जो एक स्कूल की इमारत में छिपने की कोशिश कर रहा था और लोगों ने उसे पकड़ लिया था और उसकी पिटाई कर रहे थे। अब्बू, हम लोगों को वहां से हटाने लगे। भीड़ से बाहर निकलना बहुत मुश्किल था, साथ ही अब्बू कहते जा रहे थे, नहीं मारो इंसान का बच्चा है। बच्चे देख रहे हैं, लेकिन कौन सुनता है। किसी तरह अब्बू हमें घर ले आए।

जैसे ही हम घर पहुंचे, मेरी अम्मी ने पूछा, क्या करते हैं नदीम और रोजी को लेकर क्यों गए थे अगर उस हंगामे में आप लोगों को कुछ हो जाता तो।

अब्बू ने कहा कि मैंने ध्यान नहीं दिया कि बच्चे भी साथ आ रहे हैं। जो विमान दुर्घटनाग्रस्त हुआ था उसका पायलट पकड़ा गया और लोग उसकी पिटाई कर रहे थे।

मेरी अम्मी ने कहा या खुदा जाने वह किसका बच्चा था। आखिर यह युद्ध क्यों हो रहा है। 1947 से अब तक कितने लोग मर चुके हैं, फिर भी ये लोग लड़ना क्यों नहीं छोड़ते।

अब्बू ने कहा कि पता नहीं क्या होगा। मेरा दिल बहुत दुखी है। खुदा हम सब पर रहम करें। और अम्मी से कहा कि आप को बच्चों पर ध्यान देना चाहिए था, साथ चले गए, बच्चों के दिल पर पता नहीं क्या असर करे।

फिर मेरे अब्बू ने कहा कि मुझे समझ नहीं आता कि युद्ध और अराजकता के इस माहौल में लोग किस बात का जश्न मना रहे थे। खुदा से भलाई के लिए दुआ करने के बजाय।

मेरी अम्मी ने कहा कि पता नहीं क्या है खुदा सब की रक्षा करें। युद्ध और दंगा भी अजीब होता है। लोग उन लोगों को मार रहे होते हैं जिन्हें वह जानते तक नहीं। न दोस्ती न दुश्मनी। बस मारना इसलिए ज़रूरी होता है कि अगर उन्हें नहीं मारेंगे तो वह आपको मार देंगे। लेकिन समझ में किसी को नहीं आता कि हम किसी को मार क्यों रहे हैं। यह सब उन लोगों के लिए होता है जो कुर्सी पर बैठने के बाद आकर यह तक नहीं पूछते कि आपने खाना खाया है या नहीं। या किसने हमारे लिये बलिदान दिया है।

अब्बू ने कहा कि तुम सही कह रही हो। लोग घुन के समान हैं जो गेहूं के साथ पिस जाते हैं। जो मारता है और जो मरता है, दोनों ही नुकसान में रहते हैं।

उसके बाद मेरे अब्बू-अम्मी अपने कामों में लग गये। इस बात से अंजान कि मेरे छोटे से जेहन में वो चीखों पुकार अभी तक गूंज रही थीं और डर मेरी आत्मा तक में समा गया था। कहते हैं कि बचपन की खुशियां तो हम भूल जाते हैं, लेकिन दुर्घटनाएं हमारे दिमाग से कभी नहीं जातीं। उस रात जब मैं सोने के लिए लेटी तो मेरे ख्वाब में वह दृश्य बार-बार आता था और मैं डर जाती थी। मेरी नानी मुझे गले लगा कर दूसरी बातें करने लगती थी। मैं बचपन से ही बहुत संवेदनशील थी और आज भी हूं। मैंने अपने जीवन में पहली बार देखा कि कैसे एक व्यक्ति अपने क्रोध के कारण अपना आपा खो देते हैं। नफ़रत

इंसान के विचारों को खा जाती है। हम इंसानियत के सारे सबक भूल जाते हैं। दिमाग में सिर्फ़ एक ही चीज़ रह जाती है: नफ़रत, गुस्सा और दुश्मनी।

जाने कितने दिन बीत गए अब आदत सी हो गई "सायरन" की आवाज सुनने की। यह आवाज उस बात का संकेत था कि कोई जहाज हमें मारने के लिए आ रहा है, और हम रात में अंधेरे में रहने के आदी हो रहे थे क्योंकि अब हमें ऐसा लग रहा था कि "ब्लैक आउट" ही हमारी जीवन रेखा है। कहीं आना जाना नहीं जब हम बहुत डर जाते या घबरा जाते थे, तो अपनी नानी के पास बैठ जाते, जो हमारे दिमाग को बांटने के लिए अपने बचपन की कहानियां सुनाने लगती थी। बिहार के एक छोटे से गांव "मई" की। नानी हमेशा उस दिन को कोसती थी जब हमारी फूफी के कहने पर हमारे अब्बू-अम्मी और नानी पूर्वी पाकिस्तान आये थे। वह हमेशा अपने गांव "मई" और अपने ससुराल सब्जी बाग "इस्माइल मंजिल" को याद करती रहती और रोती रहती थी। नानी न कभी इंडिया को भूली और न अपना घर।

अब हम न तो मोहन के मामा को देखते थे, न इमली वाली नानी को, न सबा के घर खेलने जाते थे, न ही किसी गुड़िया की शादी होती थी। हर जगह उजड़पन, भय और आतंक था। मानो जिंदगी रुठ सी गई हो। हर रात केवल मोहन के मामा की आवाज गूंजती थी, वह भी उलटे नारे के साथ। रोज रात को अचानक उनकी सड़क की खिड़की खुलती थी और उनकी आवाज़ सन्नाटे को चीरती थी "तकबीर नारा ए अल्लाहु अकबर!" यह उलटी तकबीर ज़ोर से बोल कर वह खिड़की बंद कर देते थे। बच्चे हंसने लगते थे और बड़े चुपचाप खिड़की की तरफ देखते थे। शायद मामा आधा पागल हो गए थे या फिर उनकी घबराहट थी। क्योंकि वह बहुत ही मासूम इंसान थे। पता नहीं पंद्रह दिन बीत गए थे या बीस दिन अचानक ढाका का पतन हो गया। एक छोटी सी लड़ाई के बाद पाकिस्तानी सेना ने आत्मसमर्पण कर दिया।

मुझे तारीख याद नहीं है, शायद 16 दिसंबर 1971 का दिन था। इतिहास में कभी किसी ने ऐसी हार न देखी न सुनी जो 1971 में देखने को मिली। जनरल ए.के. नियाजी ने अपनी सेना के साथ लाखों बंगालियों और अंतर्राष्ट्रीय मीडिया के सामने भारतीय सेना के हाथों में पहले अपनी पिस्तौल और कदमों में आधा मुल्क रख दिया। उसके बाद भारतीय सेना और मुक्ति बानी के लोग शहर में प्रवेश करने लगे। रिश्ता चाहे नफरत पर आधारित हो या प्यार पर, अगर वह टूट जाए तो बड़ा तूफान आ जाता है। खेद और दुःख रहता है। हमने तो उस भूमि को अपनाया था, लेकिन न जाने अब कहां का सफर लिखा था हम बंजारों के जीवन में।

*****

गृहयुद्ध

युद्ध के बाद शहर की जो स्थिति होती है और जिस तरह का गृहयुद्ध देखने को मिलता है, खुदा वो किसी को न दिखाए। युद्ध से भी बदतर होता है गृहयुद्ध। युद्ध में तो आप एक बार बमबारी में नष्ट हो जाते हैं या मारे जाते हैं, लेकिन गृहयुद्ध में आप बार-बार मरते हैं और कभी नहीं जानते कि कब और कहां कौन आपके साथ विश्वासघात कर देगा। कौन मित्र होगा, कौन शत्रु होगा, कौन शरण देगा और कौन असंभव कार्य को संभव बनाएगा। ढाका के पतन के बाद, जब मुक्ति बानी के लोग शहर में प्रवेश करने लगे, तो लोगों में असंतोष और भय का माहौल कायम हो गया। भारत से आए गैर-बंगाली आप्रवासियों ने अब अपनी जान के डर से अपने-अपने घर और स्थान बदलने लगे। कुछ लोग देश से भागने के रास्ते ढूंढने लगे। हर तरफ अराजकता फैल गई। पड़ोसियों ने अपनी जान बचाने और घर पर कब्ज़ा करने और लूटपाट करने के लिए मुखबरी करना शुरू कर दिया। ऐसा लग रहा था मानो लोग आश्रय के लिए बेताब थे।

हमारे घर के बराबर में जो उलटे हाथ में घर था। जैसा कि मैंने पहले बताया था कि वहां एक बंगाली परिवार रहता था जो हालात खराब होते ही युद्ध से पहले कहीं चले गए थे। उनके पीछे, निचली मंजिल पर रहने वाले हमारे रिश्तेदारों ने पानी लेने के लिए उनकी दीवार तोड़ दी थी। अब, ढाका के पतन के बाद, वह वापस लौट आये। उधर इस सारी उथल-पुथल के बीच अम्मी और अब्बू ने भी मुहम्मदपुर स्थित घर को छोड़ कर दूसरे मोहल्ले में खाली पड़े मकान में शरण ली थी। जब हमारे पुराने घर के बगल में रहने वाला बंगाली परिवार

वापस लौटा और अपनी टूटी दीवार देखी तो उन्होंने हंगामा शुरू कर दिया। हमारे दयालु रिश्तेदारों ने अपनी जान बचाने के लिए मेरे अब्बू का नाम लगा दिया। अब वह मेरे अब्बू को ढूंढने लगे। हमारे साथ जो बच्चा "अब्दुल" रहता था जिस पर हम अपना मुहम्मदपुर वाला घर छोड़ कर आये थे, वह हमें समय-समय पर पड़ोस की स्थिति के बारे में जानकारी देता रहता था। उसने आकर अब्बू से कहा कि अभी उधर मत आना बाबा, वह बराबर वाला लौट आया है और उसकी जो दीवार भाई ने तोड़ी थी वह आप का नाम लगा दिया है और वह आप को ढूंढ रहा है। यह अब्बू के जीवन का दूसरा सबक था कि कभी भी किसी पर भरोसा मत करना, खासकर बुरे वक्त में, और यह बुरा वक्त ही हमें बताता है कि कौन दोस्त है और कौन दुश्मन। इंसानों की पहचान हमें इस युद्ध की पुरी यात्रा में हुई।

दूसरे मुहल्ले में रहते हुए हमें केवल तीन दिन ही हुए थे जब एक सुबह, लगभग 6:00 बजे, मेरे अब्बू बाहर का माहौल देखने के लिए घर से निकले, लेकिन सुबह को 9:00 बज गया लेकिन मेरे अब्बू घर वापस नहीं आये। अम्मी और नानी को चिंता होने लगी। वह बार-बार बाहर जाती, इधर-उधर देखती और वापस अन्दर आ जाती। अम्मी रोने लगी, उन्हें समझ में नहीं आ रहा था कि वो क्या करे। मेरी नानी ने कहा कि बाहर जाकर पड़ोसियों से पूछो, शायद किसी को कुछ पता हो। अम्मी फिर बाहर गई। नया मुहल्ला था और वह किसी को जानती नहीं थी। फिर भी, जो मिला उससे पूछती गई लेकिन कोई भी कुछ नहीं बता सका। थक कर अम्मी घर आ गई। नानी ने कहा कि चलो पुराने घर चल कर पता करते हैं। हो सकता है अब्दुल को कुछ पता हो। दोपहर करीब साढ़े बारह बजे अम्मी नानी और हम बच्चों को लेकर पुराने घर वापस आ गई।

दोपहर करीब 1.00 बजे हमारी रिश्तेदार ऊपर आई और उन्होंने कहा कि मौसी आप के आने से पहले जब हम छत पर थे तो हम ने सड़क पर देखा आर्मी वाले मौसा को ट्रक पर बैठा कर ले जा रहे थे।

यह सुनकर मेरी अम्मी को ऐसा लगा जैसे उनके प्राण निकल गए हों और वह बेहोश हो गई। नानी को कुछ समझ नहीं आ रहा था कि क्या करें। हम बच्चे भी रोने लगे। अब्दुल कभी हमें चुप कराता, कभी अम्मी की तरफ देखता। नानी अम्मी के चेहरे पर पानी छिड़कने लगीं।

अम्मी को होश आया तो अब्दुल कहने लगा कि अम्मी तुम लोग वापस क्यों आ गए? बराबर वाला भी मुक्ति बानी में है और दरवाज़ा तोड़ने के आरोप में साहब को ढूंढ रहा है। वह कहीं गया हुआ है। आप लोग यहां से चले जाओ। और वह बाबा की Foxy भी लेकर चला गया है, सिर्फ बाहर Van बचा है। तुम लोग बस जल्दी से वापस चले जाओ।

अम्मी की हालत ऐसी नहीं थी कि वह कहीं जा सकें। दोपहर करीब 2:30 बजे के करीब जब अम्मी की हालत में थोड़ा सुधार हुआ, तो नानी ने अम्मी को चलने के लिए कहा, लेकिन उसी समय हमने अब्बू को सीढ़ियों से ऊपर आते देखा। हमारी खुशी की सीमा नहीं थी और हम चिल्लाने लगे, "अब्बू आ गए, अब्बू आ गए।" अम्मी को ना जाने कितनी ताकत आ गई और मेरे अब्बू हम सभी को गले लगाकर रोने लगे।

और फिर अब्बू ने कहा खुदा का शुक्र अदा करो न जाने कौन सा अच्छा कर्म काम आ गया। खुदा ने नया जीवन दिया है। नानी से कहा कि अम्मा आप इसी तरह से हमारे लिए प्रार्थना और दुआ करते रहिए।

फिर अम्मी ने अब्बू से पूछा कि आप कहां चले गये थे।

इसी बीच अब्दुल ने आकर बताया कि बराबर वाले सभी लोग एक दिन के लिए कहीं बाहर गए हैं, इसलिए आप लोग शाम तक यहां से निकल जाएं।

अब्दुल उनके नौकर से पूछकर के आया था। अब्बू ने अब्दुल से आवश्यक सामान इकट्ठा करने को कहा। इस बीच अम्मी ने पूछा कि क्या हुआ था और आप कहां थे? फिर अब्बू ने हमें पूरी कहानी बतानी शुरू की।

अब्बू ने बताया कि जब वह सुबह बाहर निकले तो देखा कि मुक्ति बानी का एक समूह गुजर रहा था। पहले तो अब्बू डर गये, फिर उन्होंने सोचा कि अगर वह दौड़ कर अंदर आ गये या भागे तो उन लोगों को शक होगा, इसलिए वह वहीं टहलते रहे और यही उनकी गलती थी। अगर वह चलते रहते तो सही होता। अचानक मुक्ति बानी ने गाड़ी रोकी और उनमें से एक ने आकर अब्बू को पकड़ लिया और पूछा।

तुम कौन हो और तुमने कितने बंगालियों को मारा है? तुम हमें स्वयंसेवी समूह के सदस्य लगते हो।

दूसरे ने कहा कि यह मुझे उनका जासूस या नेता लगता है। इसे पकड़ कर ले चलो।

अब्बू बार-बार कहते रहे कि आप गलत समझ रहे हैं, लेकिन उन्होंने उनकी बात पर विश्वास नहीं किया और जबरन अब्बू को जीप में बैठाकर अज्ञात स्थान पर ले गए। पूरे रास्ते अब्बू सोचते रहे कि पता नहीं आगे क्या होगा और प्रार्थना करते रहे कि ऐ खुदा मेरे बीवी-बच्चों का कोई सहारा नहीं है, बस तू ही हम सब की मदद करने वाला है। अब्बू को वो लोग एक अज्ञात स्थान में ले गए और वहां जाकर एक कमरे में बंद कर दिया। यह मुक्ति बानी के ठिकानों में से एक ठिकाना था। जिस कमरे में अब्बू को बंद किया गया था, उसमें 40 अन्य लोग भी बंद थे, और न जाने अन्य कमरों में और कितने लोग बंद होंगे।

दरवाज़ों की जगह लोहे की ग्रिल वाले गेट लगे थे। ऐसा लग रहा था जैसे हर कमरा जेल हो। अब्बू को सलाखों के दरवाजे के पास एक जगह मिली। वहां बैठने की कोई जगह नहीं थी, सभी लोग खड़े थे। अब्बू ने देखा कि कमरे की दीवारों और फर्श पर हर जगह खून फैला हुआ था और कमरे में खड़े हर व्यक्ति की आंखों में डर और खौफ था। मेरे अब्बू के बगल में एक बुजुर्ग व्यक्ति थे, जो संभवतः कुछ दिन बाद स्वाभाविक मौत मर जाते, लेकिन पता नहीं उन्हें क्यों पकड़ा था, और एक 14 वर्षीय बच्चा भी था। हां, उस बच्चे को अब्बू जानते थे। यह हमारे मुहल्ले के जमाली साहब का बेटा था, बहुत ही मासूम और नेक बच्चा, पता नहीं उसका क्या जुर्म था जो उसे भी पकड़ लाए थे। अब्बू को ये एहसास हो गया था कि मौत उनके सामने खड़ी है। अब अगर कोई उम्मीद थी तो वह खुदा से है। मेरे अब्बू को यह समझ में नहीं आ रहा था कि सभी मुसलमान हैं फिर भी वे एक-दूसरे के जानी दुश्मन बने हुए हैं। सिर्फ "भाषा" और "भूमि" के लिए मुसलमान ही मुसलमान का कत्ल कर रहे थे, लेकिन सब बातें यहां पर बेमानी हो गईं थी। अब्बू को पकड़ कर जो लोग सुबह 6 बजे लाए थे वो चले गये और अब सब की ड्यूटी बदल गयी थी। बारह बजे फिर ड्यूटी शिफ्ट बदलनी थी मुक्ति बानी की और जो उन्हें पकड़ कर लाए थे उनको शाम को 4 बजे आना था और अब्बू के जीवन का फैसला शाम 4 बजे उन्हें ही करना था।

अब्बू को धूम्रपान की आदत थी और वह हमेशा अपनी जेब में दो पैकेट सिगरेट रखते थे और उनकी सिगरेट महंगी होती थी। संयोगवश, अब्बू की जेब में सिगरेट का एक आधा खाली और एक पूरा पैकेट था, और अब्बू की कलाई पर एक Rolex घड़ी थी (जो आज भी काफी कीमती मानी जाती है)। यह मेरे अब्बू को किसी ने उपहार में दिया था। अब्बू ने बेचैनी की हालत में जेब से सिगरेट निकाला और लाइटर से जला कर धूम्रपान करने लगे। और एक हाथ जिसमें घड़ी थी, सलाखों वाले दरवाज़े पर रख दिया था। जो आदमी पहरा दे

रहा था, वह बार-बार मेरे अब्बू को देखने लगा और अब्बू की तरफ आता और फिर मुड़ जाता, आखिरकार वह अचानक मेरे अब्बू के पास रुक गया और कहने लगा।

एक सिगरेट दो। मेरे अब्बू ने उसे एक सिगरेट दे दिया।

फिर गार्ड ने कहा कि अब तुम सिगरेट का क्या करोगे, शाम में तो मर जाओगे। मुझे पूरा पैकेट दे दो।

अब्बू ने गार्ड से कहा कि देखो, मैं तुम्हें पूरा पैकेट दे दूंगा, लेकिन मुझे यह बताओ कि हमें क्यों बंद किया गया है। ये बात मेरे अब्बू ने बड़ी हिम्मत से कही।

गार्ड ने कहा कि साहब लोग चार बजे आएगा और तुम सब को मार डालेगा। यहां मारने के लिए ही बंद किया जाता है। तुम लोग सब हमारे दुश्मन हो।

अब्बू ने गार्ड से कहा कि देखो हम तो एक दूसरे को जानते भी नहीं, फिर दुश्मन कैसे हो सकते हैं। तुम को सारी जिंदगी दुआ देंगे, मेरी बीवी और बच्चे अकेले हैं, कुछ तो खुदा से डरो। हम लोग एक ही धर्म के हैं, इसलिए कुछ अच्छे कर्म कर लो। मेरी बीवी और बच्चों का कोई सहारा नहीं है।

गार्ड ने मेरे अब्बू की ओर देखा और कुछ देर तक चुप रहा। फिर उसने कहा ठीक है, मैं तुमको भागने में मदद करूंगा लेकिन मुझे घड़ी भी चाहिए।

अब्बू ने उससे कहा कि ठीक है घड़ी भी ले लेना।

फिर गार्ड ने कहा कि ठीक है तैयार रहना। 12 बजे ड्यूटी बदल जाएगी। मैं तुमको निकाल दूंगा।

यह सुनकर अब्बू के पास खड़े वो बुजुर्ग और जमाली साहब का बेटा दोनों मेरे अब्बू के आगे हाथ-पैर जोड़ने लगे और वह बच्चा रोने लगा, अंकल कृपया मुझे बचा लें।

अब्बू ने गार्ड से कहा कि देखो, मैं तुम्हें इतनी महंगी घड़ी और सिगरेट का पैकेट दे रहा हूं। तुम मेरे साथ इन दोनों को भी छोड़ दो। यह बाबा बेचारे तो खुद ही चंद दिनों के मेहमान हैं, क्यों इन का खून अपने सर लेते हो और इस बेचारे बच्चे ने तो अभी जिंदगी देखी ही नहीं है, जहां इतना कर रहे हो तो यह एहसान भी कर दो, इन लोगों को भी छोड़ दो।

गार्ड ने कहा कि देखो, मुझे भी खतरा है लेकिन ठीक मैं छोड़ दूंगा। लेकिन और किसी की सिफारिश मत करना। अब मैं एक और आदमी को भी नहीं छोड़ सकता। अब तुम लोग चुपचाप बैठो। मैं जरा माहौल देख कर आता हूं।

गार्ड के जाने के बाद कई सारे लोग अब्बू से मदद मांगने लगे। उनको लग रहा था कि शायद मेरे अब्बू उनकी मदद करने आये हैं, पर यहां तो मेरे अब्बू के अपनी जान की बाजी लगी हुई थी। पता नहीं उन लोगों के साथ क्या हुआ क्योंकि सब की आंखों में आशा और निराशा दोनों मिली हुई थी और सब हसरत भरी निगाहों से मेरे अब्बू की ओर देख रहे थे। गार्ड वापस आ गया और उसने आते ही अब्बू से कहा कि सुनो ठीक पौने 12 बजे हमारी ड्यूटी बदलनी शुरू हो जाएगी। मैं तुम तीनों को उस समय छोड़ूंगा। अभी 11 बज रहे हैं। इधर से दाएं तरफ वाले रास्ते पर बिना बाएं-दाएं देखे, सीधे निकलते चले जाना, गेट से निकल कर जिधर भाग सकते हो भाग जाना और तुम्हारी किस्मत। पकड़े गये तो मैं जिम्मेदार नहीं रहूंगा। अब जल्दी से मुझे घड़ी और सिगरेट का पैकेट दे दो।

अब्बू ने कहा कि ठीक है भाई, जैसा तुम कहोगे, हम वैसा ही करेंगे। आगे खुदा की मर्जी जिंदगी और मौत उसके हाथ में है।

मेरे अब्बू 11:45 होने का इंतज़ार करने लगे और उसे घड़ी और सिगरेट का पैकेट दे दिया। अब्बू के दिल में बार-बार ये ख्याल भी आ रहा था कि कहीं गार्ड ने अपना वादा तोड़ दिया तो क्या होगा। अब तो उसने सिगरेट और घड़ी भी ले ली है। समय जैसे बीत नहीं रहा था। खुदा-खुदा कर के पौने 12 बजे गार्ड सब अपनी जगह छोड़कर जाने लगे।

वह गार्ड इधर-उधर देखकर अब्बू के पास आया और आते ही बोला चलो, जल्दी करो और तेजी से बाहर निकलो। थोड़ी देर में गेट खुलेगा और नए लोग आएंगे। कोई किसी को पहचानता नहीं। बिना रुके निकल जाना।

यह कह कर उसने दरवाजा खोल दिया, मेरे अब्बू और वे दोनों तेजी से आगे बढ़ने लगे। अब्बू ने पलटकर देखा कि जो लोग रह गये थे, वह अब्बू को हसरत भरी निगाहों से देख रहे थे। मेरे अब्बू को वह बर्दाश्त नहीं हुआ और वह तेजी से पलट गये, उनकी नजरें अब्बू को अपने शरीर पर चुभती हुई महसूस हो रही थी। पता नहीं उन सबके साथ क्या हुआ होगा। यह तीनों बिना दाएं-बाएं देखे तेजी से गेट से बाहर निकल गए। उस समय जो नए अंगरक्षक आ रहे थे गेट से उनकी गाड़ी दाखिल हो रही थी। गेट से बाहर निकलकर वे तीनों तेजी से चलते हुए थोड़ी दूर निकल गये तो फिर उन तीनों ने एक दिशा में भागे और मुहम्मदपुर की मस्जिद में जाकर शरण ली, और नमाज पढ़ कर खुदा का शुक्र अदा किया कि खुदा ने उस कत्ल गाह से उन्हें जिंदा और सुरक्षित बाहर निकाल दिया। उसके बाद उन तीनों ने अपने-अपने रास्ते जाने का फैसला किया। मस्जिद से निकलकर अब्बू ने सोचा कि पहले अपने पुराने घर जाऊं, जब अब्बू सड़क पार कर रहे थे तो मेरे अब्बू के सामने से मुक्ति बानी और फिर भारतीय सेना गुजर रही थी। जब भारतीय सेना सड़क पर थी, तो मुक्ति बानी के लोग उनके सामने आम लोगों को गिरफ़्तार नहीं करते थे। एक तरह से भारतीय सेना आम उर्दू बोलने वाले लोगों की रक्षा कर रही थी। क्योंकि जाहिर है वे भी जानते थे

कि अभी गृहयुद्ध का माहौल है। अचानक, भारतीय सेना का एक वाहन मेरे अब्बू के सामने आकर रुका। अब्बू ने सोचा कि आसमान से गिरा और खजूर पर अटका, पता नहीं अब क्या होगा।

आर्मी वालों ने अब्बू को बुलाया और कहा कि इधर आओ, कहां रहते हो तुम।

मेरे अब्बू ने कहा जी यहीं मुहम्मदपुर में।

आर्मी वालों ने पूछा, अच्छा यह बताओ कि क्या तुम नगर नियोजक का घर जानते हो। (यहां ये बात बता दूं कि किसी भी युद्ध में नगर नियोजक बहुत महत्वपूर्ण होता है, क्योंकि उसे पूरे शहर के एक-एक रास्ते का पता होता है)।

अब्बू ने कहा कि जी साहब मैं जानता हूं। लेकिन अब्बू घबरा रहे थे, क्योंकि उनको घर जाना था बच्चों के पास।

आर्मी वालों ने कहा कि हमें वहां ले कर चलो, डरो मत, हम तुमको कुछ नहीं कहेंगे।

मेरे अब्बू ने कहा कि जी सर चलिए मैं बताता हूं, और वह उनकी जीप में बैठ गए। अब्बू के पास कोई और विकल्प भी नहीं था (और यही वह क्षण था जब मेरे रिश्तेदार ने अब्बू को भारतीय सेना की जीप में जाते देखा था)। भारतीय सेना मेरे अब्बू को लेकर नगर नियोजक के घर पहुंची। अब्बू ने दरवाज़ा खटखटाया। अंदर से आवाज़ आई कौन है।

अब्बू ने कहा, मौसा मैं हूं शमीम।

इस पर भारतीय सेना के ऑफिसर ने पूछा, क्या तुम उनको जानते हों।

अब्बू ने जवाब दिया, जी यह मेरे रिश्तेदार के मौसा लगते हैं।

उसी समय, दरवाजा खुला और सेना के जवान तेजी से घर में घुस गये।

मौसा ने पूछा, कौन हैं आप लोग और क्या चाहते हैं। शमीम यह किस लिए यहां आए हैं, तुम क्यों लाए हो इन को।

मेरे अब्बू ने कहा कि मौसा मुझे नहीं पता मैं तो खुद सुबह से मुसीबत में फंसा हुआ हूं। एक मुसीबत जाती है, तो दूसरी आ जाती है।

आर्मी वाले ने मौसा से कहा कि देखिए आप घबड़ाए नहीं हम आप को कुछ नहीं कहेंगे। हमें सिर्फ ढाका के पूरे शहर का नक्शा चाहिए, क्योंकि अभी तो छोटी घटना हो रही है, लेकिन यह गृहयुद्ध में बदल जाएगी। आप हमें शहर का पूरा नक्शा और विवरण दीजिए, हम आपको सैन्य सुरक्षा देंगे।

इस पर मौसा ने जवाब दिया आइए मेरे साथ और अपने घर में बने कार्यालय में ले गए। और फिर उन्होंने बता दिया कि कौन-कौन सा क्षेत्र संवेदनशील हैं और ढाका का नक्शा उनके हवाले कर दिया।

जब भारतीय सेना का काम पूरा हो गया तो मेरे अब्बू ने उनसे कहा कि आप मुझे मेरे घर छोड़ दें। मुझे रास्ते में खतरा है, जो लोग मुझे जहां से पकड़ कर ले गए थे कहीं वहीं मेरे तलाश में न हो।

आर्मी वाले ने मेरे अब्बू को कहा ठीक है, चलो, हम तुम्हें मुहम्मदपुर छोड़ देते हैं। कहो तो तुम्हारे परिवार को भी वहां ले आते हैं।

अब्बू ने कहा कि आप मुझे मुहम्मदपुर छोड़ दें। अगर मेरा परिवार यहां आ गया होगा, तो आप चले जाइएगा।

अब्बू ने कहानी ख़त्म करते हुए कहा। अभी भारतीय सेना मुझे तुम लोगों के पास छोड़ कर गई है और "अब्दुल" ने नीचे बताया कि तुम लोग यहां हो।

मेरे अब्बू की कहानी सुनने के बाद मेरी अम्मी और नानी को सदमा लगा और दोनों ने खुदा का शुक्र अदा किया। फिर अब्बू को बताया कि अब्दुल हमें यहां रुकने से मना कर रहा है। अब्बू ने अब्दुल को बुला कर स्थिति की जानकारी ली और तुरंत घर छोड़ने का फैसला कर लिया।

अब्बू ने अम्मी से कहा कि हम इसी समय मौसा के घर चलते हैं क्योंकि वहां पर भारतीय सेना की सुरक्षा है। जल्दी-जल्दी तुम जरूरी सामान पैक करे लो।

मेरी अम्मी और नानी ने जल्दी से तीन या चार जोड़े रखे, नानी ने गहने समेटा, अम्मी ने जल्दी-जल्दी बच्चों के दूध के डिब्बे, खाने-पीने की चीज़ें और कुछ नकदी जो उनके पास थी, लिया। अब्बू ने अपने सभी जरूरी कागजात लिए और सब गाड़ी में रख दिया। अब्बू ने दूसरी गाड़ी के बारे में अब्दुल से पुछा तो उसने बताया कि मुक्ति बानी वाले उसे ले कर चले गए तो अब्बू ने अब्दुल से कहा कि बाकी सामान भी इसी गाड़ी में रख दो। अब्दुल ने जल्दी से गाड़ी की डिक्की में घर की मुर्गियां बांध कर और जो भी सब्जियां मिल सकी सब रख दिया। फिर हम सब गाड़ी में बैठ गए, जैसे अब्दुल गाड़ी में बैठने लगा मेरे अब्बू ने कहा कि तुम हमारे साथ नहीं आओगे। तुम यहीं इसी घर में रहोगे और हमें सारी खबरें दोगे।

लेकिन हम सभी बच्चों ने एक साथ अब्बू से कहा कि अब्दुल भी हमारे साथ जायेगा। क्यों नहीं आ सकता।

अब्बू ने कहा कि नहीं जा सकता क्योंकि अब्दुल बंगाली है और अगर हम उसे अपने साथ ले जाएंगे तो हमारी जान को भी खतरा है। अगर रास्ते में किसी ने रोका तो समझेगा कि हम उसे पकड़ कर ले जा रहे हैं।

अम्मी ने कहा कि लेकिन मैं इस बच्चे का वर्षों से पालन-पोषण कर रही हूं, इसका कोई नहीं है, यह कहां जाएगा।

इस पर अब्दुल ने अम्मी से कहा कि अम्मी मुझे भी ले चलो। मैं आप लोगों के बिना कैसे रहूंगा। मैं अकेला नहीं रह सकता।

अम्मी ने अब्बू से कहा, कृपया कर के आप इसे साथ ले लीजिए।

अब्बू थोड़ा परेशान होकर बोले कि तुम लोग समझते क्यों नहीं। अगर हम अब्दुल को अपने साथ ले जाएंगे तो वह समझेंगे कि हम किसी बंगाली के बच्चे को पकड़ कर ले जा रहे हैं। बाहर बहुत अफरा-तफरी मची हुई है। अगर अब्दुल हमारे साथ आया तो न केवल हम सबके लिए बल्कि अब्दुल के लिए भी बुरा होगा। यह कह कर मेरे अब्बू ने अब्दुल से कहा, बेटा अब्दुल हमें माफ कर देना। उसके बाद अब्बू ने गाड़ी आगे बढ़ा दी। हम सब रोने लगे। मेरे अब्बू की आंखों में भी आंसू थे और अब्दुल मीलों दूर तक दौड़ता रहा, गाड़ी के पीछे चिल्लाते हुए अम्मी मुझे छोड़ कर मत जाओ और हम लोग उसे रोता हुआ छोड़कर खुद रोते हुए आगे बढ़ते चले गये, पता नहीं अब्दुल अब कहां है, जिंदा भी है या नहीं।

मौसा के जिस घर में हमने आ कर शरण लिया उस में लगभग 45 के करीब पुरुष, महिलाएं और बच्चे थे। उनमें डॉक्टर, इंजीनियर आदि सब थे। क्योंकि युद्ध के बाद की गृहयुद्ध में सबसे अधिक खतरा पेशेवर और व्यवसायी लोगों को होता है। इसलिए एक तो मौसा की वजह से और दूसरे उन लोगों की वजह से, भारतीय सेना उनकी सुरक्षा कर रही थी ताकि उनके बच्चों और परिवार को कोई नुकसान न पहुंचा सके। हम जो घर से भोजन और पेय पदार्थ लाए थे, वह धीरे-धीरे खत्म हो रहा था। मेरे दो छोटे भाई-बहन, नाज़िया और रेहान, जो एक साल के अंतर से बड़े थे, दोनों दूध पीते थे। उनके डिब्बे भी खत्म हो रहे थे, और जो पैसे हाथ में थे, वह भी अब खत्म होने को थे। सबसे बड़ी समस्या ये थी कि नाज़िया और रेहान दूध पीते बच्चे थे और भूख के कारण रोने लगते थे। डर ये था कि उनके रोने की आवाज सुन कर मुक्ति बानी वाले घर में न घुस

आएं। सब की जान को खतरा था। उस की वजह से उन दोनों बे चारों के मुंह पर हाथ रखना पड़ता था ताकि रोने की आवाज न निकलें। रेहान को अम्मी और नाज़िया को नानी ले कर सोती थी, या दूसरे कमरे में दरवाज़ा बंद करके रखा जाता था ताकि आवाज़ बाहर न जाए।

एक दिन मेरे अब्बू ने मेरी अम्मी से कहा कि सुनो नजमा, तुम किसी बच्चे को लेकर बैंक चली जाओ और कुछ पैसे निकल लो। शहर के हालात खराब हैं मैं बाहर नहीं जा सकता। वैसे तो खतरा सब के लिए है लेकिन हमारी तुलना में तुम को थोड़ा कम है।

अम्मी ने कहा ठीक है, आप चेक पर हस्ताक्षर कर के दे दीजिए और बता दीजिए बैंक जा कर मुझे क्या करना होगा।

मेरे अब्बू ने कुछ चेक काटकर मेरी अम्मी को दिए और अम्मी वो चेक और मेरे भाई नदीम को ले कर बाहर निकल गई। हर जगह भय और सन्नाटे का माहौल था। मेरी अम्मी पैदल चलती हुई बैंक पहुंचीं और देखा कि बैंक में केवल बंगाली भाषी लोग थे, उर्दू बोलने वाला कोई नहीं था। हिम्मत जुटा कर मेरी अम्मी एक काउंटर पर गई। इतने वर्ष बंगाल में रहते हुए, मेरे अब्बू-अम्मी बंगाली बोलने लगे थे। मेरी अम्मी काउंटर पर जा कर एक स्टाफ से बोली।

भाई साहब, मेरा चेक जल्दी कैश कर दो। मेरा बच्चा परेशान हो रहा है और घर पर बच्चे भूखे हैं।

इस पर बैंक के स्टाफ ने अम्मी को देखा और कहा कि आप का चेक भुनाया नहीं जा सकता है, क्योंकि सभी खाते बंद कर दिए गए हैं।

अम्मी बोली, लेकिन ये तो मेरे पैसे हैं। आप कैसे रख सकते हो, हम भूखे मर जायेंगे।

उस पर उस आदमी ने कहा, देखो, मैं कुछ नहीं कर सकता। अगर तुम को समझ में नहीं आ रहा है तो हमारे इंचार्ज से बात करों।

अम्मी उस आदमी के पास गई और बोली, भाई मेरे खाते में कुछ पैसे हैं। कृपया कर के मुझे निकाल कर दे दो। वह आदमी कह रहा है कि खाता बंद हो गया है।

प्रभारी व्यक्ति ने कहा, हां खाता तो बंद हो गया है, लेकिन मैं तुम्हारी मदद कर सकता हूं अगर तुम को मेरी बात मंजूर हो तो।

अम्मी ने पुछा कौन सी बात?

इस पर प्रभारी व्यक्ति ने कहा, प्रत्येक हजार पर हम तुमको 800 टका देंगे 200 टका (रुपये) हमारा होगा, और वह भी केवल 1000 तक। उससे अधिक नहीं। यह सुनकर मेरी अम्मी थोड़ी देर सोच में पड़ गई। फिर उन्होंने कहा, कि ठीक है, दे दीजिए जो है। अम्मी को 1000 में से 200 रुपये काट के मिला, यानी उन्हें 1000 में से 800 मिले। अम्मी नदीम का हाथ पकड़ कर, 800 रुपये लिए और डरते-डरते घर की ओर चल दी। घर जाते समय सोच रही थी कि अब आगे क्या होगा। घर पहुंच कर अम्मी ने यह बात मेरे अब्बू को बताया और कहा कि अब हमें हमारा पैसा नहीं मिल सकता है। सभी के खाते बंद कर दिए गए हैं। मेरे अब्बू ने कहा कि चलो, यह भी एक परीक्षा है। खुदा मालिक है। उस पर नानी ने कहा कि बेटा, सब कुछ खुदा पर छोड़ दो। यहां तक मालिक ने बचाया है और आगे भी खुदा मालिक है। जीवन और मृत्यु सब खुदा के हाथ में है।

हम बच्चे इन बातों से अनजान अपनी ही दुनिया में मस्त थे, जिस घर में हमने शरण ली थी, उसके बगल में एक घर था जिसकी दीवार टूट गई थी या तोड़ी गई थी। मैं और मेरा भाई नदीम खेलते-खेलते उस दीवार के बगल वाले घर के

अंदर चले गए। यह एक बहुत बड़ा और खूबसूरत घर था। घर में एक भी आदमी नज़र नहीं आ रहा था। वहां हमें 6 गोल्फ के बॉल मिले और हमने वह बॉल उठा लिये, और आगे बढ़ने लगे, सामने के कमरे में हमें कुछ लोग जमीन पर गिरे दिखाई दे रहे थे। हम उस ओर बढ़ने लगे। दरवाज़े के पास एक अलमारी रखी थी। उसमें हमें एक हाथ बाहर दिखाई दे रहा था, जिसमें से खून निकल कर जम गया था। हम उस ओर बढ़ ही रहे थे कि अचानक मेरे अब्बू आ गए और हमें तेजी से पकड़ कर वापस लेकर चले गये। हमने अब्बू को अम्मी से कहते हुए सुना कि इन बच्चों पर ध्यान दो, बगल वाले घर में चले गए थे जहां लाशें पड़ी थी। वह तो मैं समय पर पहुंच गया, नहीं तो यह सब बहुत बुरी तरह से डर जाते।

जब तक उस क्षेत्र में भारतीय सेना रही तब तक शांति थी, लेकिन जैसे ही भारतीय सेना हमारे क्षेत्र से चली गई, मुक्ति बानी के लोगों ने इलाके में आना शुरु कर दिया और लूट मार मचा दी और यही हाल हमारे पुराने मोहल्ले मुहम्मदपुर का भी हुआ। वह ढाका की हर गली और मोहल्ले में छापा मारते फिर रहे थे। इस बीच, जब मेरी अम्मी कुछ सामान लेने के लिए डरी-सहमी पुराने मोहल्ले पहुंची तो देखा कि गेट पर अब्दुल है। अम्मी को देखते ही दौड़ कर अम्मी के पास आ गया और बोला अम्मी घर में दूसरे लोग आ कर छिपे हुए हैं। जब मेरी अम्मी अब्दुल के साथ ऊपर गईं तो उन्होंने देखा कि हमारे मौलवी साहब और उनका परिवार शरण लिए हुए थे। अम्मी ने उनका हालचाल पूछने के बाद कुछ कपड़े साथ लिए, निकलने लगीं तो अब्दुल भी उनके साथ आ गया और बोला, अम्मी कम से कम घर दिखा दो। मैं आगे पूछकर सामान पहुंचा दूंगा, आप को खतरा है। अम्मी ने कहा ठीक है, चलो। अम्मी के साथ अब्दुल उस जगह आ गया जहां हम अब रह रहे थे। अब्दुल से मेरे अब्बू ने मोहल्ले वालों का हाल पुछा तो:

अब्दुल ने बताया कि साहब आप लोगों के जाने के बाद मुक्ति बानी वाले आए। घर पर कोई नहीं था, तो मुझसे पूछा कि तुम कौन हो। मैंने कहा, मेरा कोई नहीं घर खाली देखकर यहां छिप गया। उन्होंने कहा, इस घर के लोग कहां गए? मैंने कह दिया मुझे नहीं मालूम। मुक्ति बानी के लोग मोहन के घर भी गए थे, लेकिन वह लोग एक रात पहले ही कहीं चले गए थे। इमली वाली नानी के घर भी मुक्ति बानी वाले घुस गये थे। पता नहीं सब मारे गए या भाग गए। उस दिन के बाद मैंने किसी को देखा नहीं। और वह जो बड़ा घर था "सबा" बीबी वाला, जिसके गुड़िया की शादी हुई थी, वहां तो बहुत बुरा हुआ। अब्दुल हमारी तरफ देखने लगा, तो मेरे अब्बू अब्दुल को लेकर अलग चले गए। जब मैंने यह किताब लिखनी शुरू की तब अब्बू ने मुझे बताया कि अब्दुल ने उन्हें बताया था कि मुक्ति बानी वाले जब "सबा" के घर गए, तो हर एक को पकड़ कर मारने लगे। घर की सभी महिलाएं और "सबा" छत पर भाग गई थीं। तीनों मंजिल पर जब उन्होंने सभी को मार डाला, तो वह छत की ओर गये, छत पर मौजूद सभी महिलाएं, जिनमें "सबा" भी शामिल थी, छत से कूद कर जान दे दी। कौन जानता था कि जिस लड़की कि गुड़िया की शादी में दुनिया झुमती थी उसका ये अंत होगा। फूल की तरह पलने वाली बच्ची इस तरह पत्थरों पर तड़प कर मरेगी। दूसरे शब्दों में कहें तो मुहम्मदपुर में रहने वाला हर एक व्यक्ति या तो मारा गया या फिर अपनी जान बचाकर भाग गया, बिल्कुल हमारी तरह। सिर्फ़ वो लोग बच पाए जिन्हें खुदा ने जीवन दिया, वरना पता नहीं कितने लोग भागने की कोशिश में रास्ते में ही मर गए।

मुक्ति बानी वालों की आदत थी कि वे किसी के भी घर में घुसकर कोई भी सामान उठा ले जाते थे। किसी की कार, कपड़े, गहने, खाना, जो भी उन्हें मिलता था। मेरी अम्मी ने टूटे हुए डिब्बे में खाने-पीने की चीजें और गहने छिपा दिए थे, लेकिन नानी ने बिना किसी को बताए उन गहनों को तकिए में सिल दिया और कुछ को दूध के डिब्बे में रख दिया था।

एक दिन जहां हम 40-45 लोग छिपे हुए थे वहां भी मुक्ति बानी वाले घुस आये और जिस को जो मिला लुटने लगे। मैंने देखा कि नानी ने नाज़िया के हाथ में तकिया थमा दिया। उसे तकिया लेकर घूमने की आदत थी, लेकिन नानी ने उसे दो तकिए थमा दी और दूध के डिब्बा को बंद करके रेहान और नदीम को खेलने के लिए दे दिया। और कोने में कहा बैठे रहो और खुद उनके पास बैठ गई। हमें समझ में नहीं आया कि नानी तकिया हर बार क्यों बचाने लगती हैं। अब मुक्ति बानी के लोगों ने प्रत्येक व्यक्ति से पूछताछ करना शुरु कर दिया और साथ ही मारपीट भी कर रहे थे और लूटमार भी। उस समय मेरे अब्बू लुंगी और बनियान पहने हुए लेटे हुए थे। बाकी लोग कोई पायजामा कुर्ता, कोई शर्ट और पैंट पहने हुए थे। मुक्ति बानी के लोग हर किसी से सवाल कर रहे थे कि वह क्या करते हैं? जिन लोगों ने खुद को डॉक्टर या इंजीनियर बताया, उन्हें एक तरफ खड़ा कर दिया। मेरे अब्बू से उन्होंने पूछा कि वह क्या करते हैं। मेरे अब्बू ने कहा कि मैं ठेला चलाता हूं, सब्जी आदी बेचता हूं। एक इंजीनियर एजाज और डॉ. होदा को पकड़ लिया और उन्हें ले कर चले गये।

मेरे अब्बू ने दो दिन पहले रहमान अंकल को सूचित किया था कि हमारी मदद करें और हमें यहां से बाहर निकालें। "अब्दुल" यह खबर लेकर उनके पास गया था। मुक्ति बानी के जाने के आधे घंटे बाद, रहमान अंकल अपने दोनों बेटों के साथ आ गये, जिनकी मेरे अब्बू ने जान बचाई थी।

रहमान अंकल ने अपने बेटों को, जो अब सचमुच मुक्ति बानी की एक शाखा के नेता बन चुके थे, कहा, क्या तुमने शमीम अंकल को पहचाना? उन्होंने तुम्हारी जान बचाई थी, अब उनको तुम्हारी जरूरत है।

रहमान अंकल और उनके बेटों ने मेरे अब्बू से पूरी स्थिति के बारे में पूछा। अब्बू ने उन्हें बताया कि अभी कुछ समय पहले क्या हुआ है और वह हमारे लोगों में से इंजीनियर और डॉक्टर को पकड़ कर ले गये हैं। मेरा और उनका

परिवार परेशान हो रहा है कि अब आगे क्या होगा। यदि आप उन्हें छुड़वा देते और हमें सुरक्षित स्थान पर पहुंचा देते हैं तो यह आपकी बड़ी कृपा होगी।

रहमान अंकल ने कहा कि इसमें दया और कृपा वाली कोई बात नहीं। आपने मुझ पर बहुत बड़ा उपकार किया है। उसे उतारने का अवसर आ गया है, इसलिए कहते हैं कि जो कुछ भी होता है, अच्छे के लिए होता है। आज खुदा ने उन्हें हमारी मदद करने के लिए भेजा है। या यूं कहे कि अब्बू से खुदा ने यह काम इसलिए करवाया था कि वह जानता था कि हमें भविष्य में सहायता की आवश्यकता होगी, और खुदा हमारा जरिया उनको और उनका जरिया हमें बना रहा था।

रहमान अंकल ने अपने दोनों बेटों से कहा कि तुम दोनों जाकर पता लगाओ कि उन लोगों को कहां ले कर गये हैं और उन्हें अपने साथ वापस लाने की कोशिश करो। उसके बाद उन सभी को सुरक्षित स्थान पर ले जाने की व्यवस्था करते हैं।

रहमान अंकल के बेटों ने सबसे पहले घर की रखवाली के लिए दो लोगों को जिम्मेदारी लगा दी ताकि कोई हमें परेशान न करे, फिर वे यह पता लगाने गए कि दोनों डॉक्टरों और इंजीनियरों को कौन लोग लेकर गये हैं और वे कहां हैं। एक घंटे बाद वह उन दोनों को वापस ले कर आ गये और यह वादा करके गए कि हम जल्द ही दूसरी जगह का इंतजाम करके वापस आते हैं।

उस समय रहमान अंकल उस घर में रहने वाले लोगों के लिए एक फरिश्ते की तरह लग रहे थे। सच तो यह है कि अच्छाई कभी व्यर्थ नहीं जाती और उसका फल अवश्य मिलता है। मेरे अब्बू ने अगर बुरे वक्त में उनका साथ दिया था तो आज न सिर्फ वो हमारी मदद कर रहे थे बल्कि हमारे साथ फंसे उन सभी लोगों की मदद हो रही थी। थोड़ी देर बाद मुक्ति बानी का एक बंदा आया और वह सब को खाना देकर चला गया। यह उस गृहयुद्ध का अनोखा उदाहरण था

जिसमें एक बंगाली (रहमान अंकल) हम गैर-बंगालियों की मदद कर रहे थे। या यूं कहें कि मानवता की कोई भाषा नहीं होती।

इस समय तक हमारा सारा पैसा खत्म हो चुका था। अम्मी नदीम को लेकर फिर से बैंक गईं। बैंक में इस बार दूसरे लोग थे। उन्होंने पैसा नहीं दिया। उस समय अम्मी के पास सिर्फ़ आठ-आने पैसे थे। अम्मी टूटे दिल के साथ घर वापस आ गईं। डॉ. मिनिमा इस्लाम के अब्बू-अम्मी हमारे साथ ही छिपे हुए थे। जब उन्हें पता चला, तो उन्होंने हमारी मदद की और हमें 200 रुपए दिए और कहा कि बच्चों के लिए कुछ ले लो। अम्मी ने उनके आग्रह पर बड़ी मुश्किल से पैसे लिए। (जो अम्मी ने आज़ादी के बाद उन्हें लौटा दिए।) बहुत मुश्किल ज़िंदगी थी। सबसे ज़्यादा मुश्किल मेरे छोटे भाई-बहनों के लिए थी जो दूध पीते थे। बे चारों को रोने भी नहीं दिया जाता था। रेहान इतना डर गया था कि हकलाने लगा था और सिसक-सिसक का रोता था। इस डर से कि कहीं कोई मुंह न दबा दे और नाजिया खामोश हो गई थी, बस उसकी आंखों से आंसू गिरते जाते थे।

दो दिन के बाद, सुबह-सुबह रहमान अंकल और उनके बेटे एक जीप में आए, साथ में एक आर्मी का ट्रक लेकर आए थे, और उन्होंने हम सभी को चलने के लिए कहा। वहां मौजूद सभी परिवारों ने जल्दी-जल्दी अपना ज़रूरी सामान पैक करना शुरू कर दिया। उस समूह में हमारे साथ मेरे अब्बू के एक रिश्तेदार, मौसा-मौसी भी थे। मौसी एक स्कूल की प्रिंसिपल हुआ करती थीं। जब हम सबने अपना-अपना सामान पैक कर ट्रक में चढ़ने लगे, तो नानी ने एक टोकरी में दूध के दो डिब्बे रखे। पता नहीं कि उसमें दूध था या नहीं। उसके साथ टोकरी में दूध की बोतल और कुछ खाने का सामान रखा और साथ में दोनों तकिए नाजिया और रेहान को थमा दिए। जब हम सब ट्रक पर सवार हो गये, तो नानी और अब्बू की मौसी रह गईं। नानी टोकरी लेकर ट्रक में चढ़ने लगीं तो मौसी

ने उनके हाथ से टोकरी ले कर जमीन पर रख दिया और ट्रक पर चढ़ गई। आर्मी के लोग तुरंत ट्रक में चढ़ गए और पीछे बैठ गए। नानी टोकरी के लिए चिल्लाने लगीं, तो मौसी ने कहा कि मेरे बैठने के लिए पर्याप्त जगह नहीं है और वैसे भी जान बचेगी तो सामान बहुत मिल जाएगा। (उन्होंने यह भी नहीं सोचा कि ये बच्चों के दूध का सामान है)। इस बीच ट्रक चलने लगा, क्योंकि पीछे मुक्ति बानी के लोग आने लगे थे, जिन्हें किसी ने खबर दे दी थी। भारतीय सेना के लोगों की गोद में नदीम और मैं थी। आज भी वह दृश्य मेरे जेहन से नहीं जाता है। मैं और नदीम आर्मी वाले की गोद में ट्रक के किनारे पर बैठे थे। सिमी आपा अंदर अम्मी के पास और नाजिया, रेहान नानी और अब्बू के पास थे और बाकी सभी लोग ट्रक के अंदर थे। हमारे पीछे न जाने कितने मुक्ति बानी के लोग भाले और तलवारें लेकर दौड़ रहे थे। हम डर कर रोने लगे थे, और भारतीय सेना के लोगों ने पोजिशन ली हुई थी कि अगर एक भी करीब आया तो उसे गोली मार देंगे। ट्रक की गति बढ़ा दी गई। मुझे पता नहीं कि कितनी दूर तक उन्होंने हमारा पीछा किया, लेकिन जब एक मोड़ पर वह नज़रों से ओझल हो गए, तो हमें राहत मिली। आर्मी जीप और हमारे ट्रक को उन्होंने आर्मी छावनी क्षेत्र में रहमान अंकल के एक रिश्तेदार तमन्ना खान इंजीनियर के घर सब को उतरने को कहा। रहमान अंकल ने सभी बुजुर्गों से विनती की कि कोई भी उर्दू में बात न करे, खासकर जब महिलाएं दूध या कुछ भी लेने रसोई में जाएं तो किसी नौकर से बात न करें और कोशिश करें बंगाली बोलें और जितना जरूरी हो उतना ही बोलें। बच्चों को कमरे में ही रहने दें, क्योंकि कोई भी नौकर मुखबिरी कर सकता है। तमन्ना खान खुद उर्दू भाषी शरणार्थी थे और उनकी पत्नी बंगाली थीं, और रहमान अंकल को लगा कि यह जगह हमारे लिए सुरक्षित है। सभी परिवारों को तमन्ना खान के घर के दो कमरों में रखा गया। बच्चों को कमरे से बाहर जाने की अनुमति नहीं थी। अगर महिलाएं दूध बनाने या खाना खाने के लिए रसोई में जाती थीं, तो कोशिश करती थी कि

कम से कम बात हो। रहमान अंकल और उनके बेटे पूरे दिन बारी-बारी आ कर चेक करते रहे। अभी दो दिन नहीं बिता था कि रहमान अंकल ने कहा कि कोई नौकर मुखबरी कर रह है। जल्द से जल्द आप लोगों को यहां से हटाना होगा। मेरे अब्बू ने कहा कि हम लोग भी ऐसा महसूस कर रहे हैं। हमें यहां से हटाइए और जल्द से जल्द भारत या पाकिस्तान जाने का कोई रास्ता बताइए।

रहमान अंकल ने कहा कि मुझे पता चला है कि कुछ लोगों को वापस भारत भेजा जा रहा है। मैं पुरी जानकारी प्राप्त कर आप लोगों को यहां से निकालने का प्रयास करता हूं। रात 12 बजे रहमान अंकल फिर आये।

रहमान अंकल ने मेरे अब्बू से कहा कि हमें 2 बजे रात को निकलना होगा, नौकरों के आने से पहले क्योंकि हमें खबर मिली है कि किसी ने मुक्ति बानी के लोगों को इस जगह के बारे में बता दिया है। मेरे बेटे ने कहा कि मैं आप लोगों को सुरक्षित स्थान पर ले जाऊं क्योंकि वह लोग सुबह 9 बजे तक यहां छापा मारेंगे और यह काम मुक्ति बानी के प्रमुख ने मेरे बेटे को सौंपा है।

उस दिन रात भर कोई सोया नहीं, सबने अपना सामान पैक करना शुरू कर दिया और रहमान साहब का इंतज़ार करने लगे। ठीक दो बजे रहमान साहब भारतीय सेना के साथ आए, उनका एक बेटा भी साथ था। वे लोग खुद जीप पर थे और अपने साथ सेना का एक ट्रक लेकर आए थे। हम सभी को जल्दी-जल्दी ट्रक पर सवार किया गया और रात के पिछले पहर भारतीय सेना और रहमान अंकल की निगरानी में ले कर निकल गये। कोई कल्पना भी नहीं कर सकता था कि मुक्ति बानी लोगों को मारते फिर रहे हैं, उन्हीं के एक नेता का अब्बू, हमें अपने लोगों से छिपा रहे हैं, हमें शरण दे रहे हैं, और हमें सुरक्षित स्थान पर ले जा रहे हैं। रास्ते में हमें हर तरफ सन्नाटा, वीरानी, खामोशी और आग लगी हुई नजर आई। कहीं आधे जले हुए घर थे, जली हुई कार पड़ी थीं, कहीं घर पूरी तरह जल रहे थे, कहीं आधी जली हुई लाशें थीं, कुछ पेड़ों से

लटकी हुई थीं, कुछ सड़क पर थीं, कहीं जले हुए बच्चे, महिलाएं और बुजुर्ग पड़े थे। यानी हर तरफ कयामत का दृश्य था। हम सब डरे सहमे खुदा के भरोसे चले जा रहे थे। अभी तक हमें अपनी उस नई मंजिल के बारे में कोई जानकारी नहीं थी। न ही कोई सुराग मिला था कि आगे क्या है और क्या होने वाला है। यह भयानक सपना कभी ख़त्म होगा भी या नहीं।

*****

ढाका से मेरठ तक

हमारी गाड़ी चलते-चलते आर्मी छावनी की सीमा में दाखिल हो गई। सुबह के पांच बज रहे थे। एक जगह ये कारवां रुक गया, यह एक पाकिस्तानी सेना का कैंप था, जो कभी पाकिस्तानी सेना के जवानों से भरा रहता था, लेकिन अब यह हम जैसे लोगों के लिए एक आश्रय स्थल था, जिसमें पूरे पूर्वी पाकिस्तान (बांग्लादेश) से वे भाग्यशाली लोग शरण ले रहे थे, जिन्हें खुदा ने सुरक्षित बचाकर यहां पहुंचाया था। ढाका के पतन के बाद बांग्लादेश में दो शिविर बने थे। एक तो यह आर्मी कैंप और दूसरा शहर के बाहर। हमारी किस्मत अच्छी थी कि हम इस कैंप में आए और हमें आजादी नसीब हुई। दूसरा वह शिविर था जहां रहने वाले लोग सबसे खराब परिस्थितियों में रह रहे थे। वह शिविर, जो अब एक बस्ती का रूप ले चुका था और गरीबी से मजबूर हो कर उस शिविर में रहने वाले लोग दुनिया के सभी अपराध करने पर एक तरह से मजबूर थे। उसके अलावा भी ऐसे कई शिविर थे जहां रहने वाले लोग बच नहीं सके।

हमारे उस कैंप को पाकिस्तानी आर्मी के लोग खाली कर के जा चुके थे। अगर वहां कुछ लोग बच गए थे तो वह पाकिस्तानी सेना के रसोईघर के लोग थे, जिनमें से अधिकांश पेशावर से थे। उस कैंप में उन लोगों को रखा जा रहा था जो जिन्हें भारत भेजा जाना था। उसका कारण जो हमें उस समय पता चला था वह यह था कि भारत और पाकिस्तान की सरकारों के बीच यह सहमति बनी थी कि पाकिस्तान भारतीय कैदियों को रिहा करेगा और उसके बदले में वह हमें रिहा करेंगे, लेकिन यह बात हमें उस समय तक नहीं बताई गई थी। हम लोग उन बातों से बेखबर अपने नए आश्रय को देख रहे थे, और हमें यह भी

नहीं पता था कि कितने दिन का दाना पानी लिखा है। यहां पहुंचने पर मेरे अब्बू के सामने सबसे बड़ी समस्या यह थी कि हम लोगों के पास खाने का कुछ भी सामान नहीं था। क्योंकि यहां आने पर पता चला कि हमें रहने के लिए जगह तो मिलेगी, लेकिन हमें अपना खाना खुद बनाना होगा। मजेदार बात यह है कि हमारे पास खाना पकाने का कोई सामान भी नहीं था। अब्बू-अम्मी अपने कमरे के बाहर सोच में डूबे थे, कि आगे क्या करना है। सिमी आपा और मैं एक दूसरे से बात कर रहे थे। नदीम, नाजिया और रेहान नानी के साथ खेल रहे थे, तभी अचानक पाकिस्तानी सेना की रसोई से एक आदमी हमारे पास आया। एक का नाम साद मोहम्मद और दूसरे का नाम खयाल मोहम्मद था। खयाल मोहम्मद ने नदीम को गोद में उठा लिया और कहा कि यह आप का बच्चा है? अब्बू ने कहा हां! वह बोला हमारा बेटा भी इतना ही बड़ा है। वह वतन में अपनी मां के पास रहता है। इसे देखा तो वह याद आ गया। खयाल मोहम्मद ने अम्मी से कहा कि अगर आप बुरा न मानें तो मैं एक बात बोलूं।

अब्बू ने कहा बोलो।

खयाल मोहम्मद अंकल ने कहा कि आप लोग कहां से हो? बहन, मुझे आप पेशावर से लगती हो।

मेरी अम्मी ने कहा कि मेरे पूर्वज यूसुफ़ज़ई पठान थे और मैं भारत के बिहार से आई हूं। हमारे दादा-परदादा वहीं से थे। फिर मेरी अम्मी ने कहा कि भाई हमारे पास केले के पत्तों के अलावा कोई बर्तन नहीं है। क्या आप मदद कर सकते हो?

साद मोहम्मद ने कहा कि बहन, आप चिंता मत करो, आप को जो कुछ भी चाहिए हम देंगे। हम भी यूसुफ़ज़ई पठान हैं। तुम अपने ही बिरादरी के लोग हो। बहन, तुम तो बिल्कुल हमारी बहन की तरह लगती हो। बरतन, खाना सब की व्यवस्था हम करेंगे, कोई चिंता नहीं।

पहली बार मेरे अब्बू-अम्मी को थोड़ी हिम्मत हुई कि चलो, इस अराजकता और परेशानी में, कोई तो हमें अपना कह रहा है और मदद करने को तैयार है। साद मोहम्मद अंकल और खयाल मोहम्मद अंकल ने अम्मी को कुछ खाना पकाने के बर्तन ला कर दिए और साथ में कुछ खाना भी लेकर आए जो उन्होंने खुद के लिए बनाया था। तंदूरी रोटी और दाल। दूसरे लोग जो हमारे साथ थे उन्हें बुरा लग रहा था कि हर जगह इन लोगों को महत्व क्यों दिया जाता है। खुदा जिसे ईजत दे, शायद उन्हें इस बात पर यकीन नहीं था। वह लोग हमारे इतने आगे-पीछे इसलिए कर रहे थे क्योंकि उन को अपनी बीवी और बच्चे याद आ रहे थे, और हमारे परिवार में तीन वयस्क और पांच बच्चे थे, और संयोग से हम यूसुफ़ज़ई पठान भी थे। और सबसे महत्वपूर्ण बात कि हममें वह अपने बच्चों को देख रहे थे।

खयाल मोहम्मद अंकल और साद मोहम्मद अंकल ने फिर अम्मी से कहा! बहन, तुम आज से हमारी बहन हो, जब तक तुम हमारे साथ हो, तुम्हारी सारी परेशानी हमारी है।

उसके बाद उन लोगों ने मेरे अब्बू से कहा, भाई, खाने-पीने की चिंता मत करो। हमारे पास बक्सों में पर्याप्त अनाज और राशन है। आप को जो चाहिए मांग लेना।

मेरी नानी ने उन लोगों को खुब दुआ दी। उसके बाद नानी ने अम्मी से कहा।

तुम्हारी मौसी सास जो साथ आई हैं उनसे हम काफी नाराज हैं।

मेरी अम्मी ने कहा कि अरे, अम्मा छोड़िए भी सिर्फ़ दूध का डिब्बा ही तो था। देखिए खुदा हर जगह किस तरह से मदद कर रहा है। तब नानी ने कहा कि बेटा, वह सिर्फ़ दूध का डिब्बा नहीं था। उसमें मेरे और तुम्हारे आधे से ज़्यादा गहने

थे, जो उस महिला की वजह से चले गए। अच्छे-बुरे समय के लिए छिपा कर ला रही थी।

इस पर मेरी अम्मी ने कहा कि अरे अम्मा तो ये बातें पहले बतानी थी न?

नानी बोली कि गलती हो गई। अब बता रही हूं, बाकी गहने दोनों तकियों में हैं। उन पर ध्यान देना, छूटे नहीं और कुछ पैसे भी हैं, 200 के करीब, ले लो और संभाल कर रख लो। बच्चों के लिए पुछो दूध या कुछ मिले तो ले लो।

शाम को रहमान अंकल कैंप में मिलने के लिए आए और उन्होंने बताया कि उनका संदेह सही साबित हुआ था, नौकरों में से किसी ने मुखबरी की थी। हम लोगों के घर से निकलने के एक घंटे बाद मुक्ति बानी के लोग मेरे बेटे को बताए बिना तमन्ना साहब के घर पर छापा मारने आए थे। क्योंकि उन को जिसने भी सूचना दी थी, उसको उन पर भी शक था। कुछ देर रहमान अंकल हमारे साथ रहे और किसी चीज की जरूरत तो नहीं यह पूछ कर चले गये।

हम बच्चे इस नए माहौल और सेना शिविर के आदी नहीं थे, न ही हमारे ग्रुप में हमारी उम्र का कोई बच्चा था। हमारे साथ 40-45 लोग थे, उनमें लाहौर के मकबूल साहब नाम के एक व्यक्ति का परिवार भी था। एक डॉ. होदा का परिवार था। दूसरे, हमारे अब्बू के मौसा-मौसी (रिश्ते के), तीसरे, इंजीनियर एजाज साहब का परिवार, और 18 से 24 वर्ष की आयु के कुछ लड़के जिनके परिवार मारे गए थे या बिछड़ गए थे। उनके अलावा और भी कई परिवार कैंप में थे जिन्हें हम नहीं जानते थे, जो पूर्वी पाकिस्तान (बांग्लादेश) के अलग-अलग शहरों से आकर शरण लिए हुए थे। उनमें बच्चे भी थे, लेकिन हम उन्हें नहीं जानते थे, इसलिए हमें उनके पास जाने नहीं दिया जाता था।

सब की अपनी परेशानी थी और हर कोई उलझन में था और सोच रहा था कि पता नहीं अब क्या होगा। हम बच्चों का कैंप में अच्छा समय बीत रहा था।

खयाल मोहम्मद खान अंकल और साद खान अंकल के साथ। सिमी आपा थोड़ी शर्मीली थीं, इसलिए वह ज्यादातर समय अम्मी और नानी के साथ रहती थी, मैं और नदीम दोनों अंकल के साथ खूब खेलते थे। उनके दूसरे दोस्त भी अपने बच्चों को याद कर के हमारे साथ समय बिताते थे, नए-नए खेल बताते थे। कभी-कभी नाज़िया और रेहान भी हमारे साथ होते थे। दोनों छोटे थे उनको नानी अधिकतर समय अपने पास रखती थीं और आपा उनके साथ खेलती थी। अंकल लोग हमें नई-नई शरारतें करते देखते और खुश होते। अम्मी और नानी की चिंता का कारण नाजिया और रेहान थे क्योंकि उन्हें दूध नहीं मिल रहा था। मेरी नानी चाय में बिस्कुट डुबोकर या फिर चावल के पानी से उनका पेट भरती थीं। हमें कैंप में रहते हुए दो दिन बीत चुके थे। रहमान अंकल हमसे दोबारा मिलने आये और हमारा हालचाल पूछा।

अब्बू ने कहा कि चिंता की तो कोई बात नहीं है। भारतीय सेना हमारी सुरक्षा कर रही है, लेकिन समझ में नहीं आ रहा है कि हम लोग यहां कब तक रहेंगे। मेरे बच्चे बहुत छोटे हैं और खाने-पीने और कपड़ों की परेशानी है। कृपया हमें यहां से भारत या पाकिस्तान भिजवाने का कोई रास्ता पता कीजिए।

रहमान अंकल ने कहा ठीक है, मैं पता करता हूं कि आप लोगों को यहां कब तक रहना है और भारत या पाकिस्तान कहां और कब भेजा जाएगा। आज नहीं तो कल मैं आपके साथ भारतीय सेना के पास चलता हूं और इस संबंध में वहां पूरी जानकारी लेता हूं।

रहमान अंकल अब्बू को भारतीय सेना के शिविर में ले गए और वहां एक ऑफिसर में मुलाकात करवाई, ऑफिसर ने हमें आश्वस्त किया कि वो जल्द ही हमें ढाका से ले जाएंगे, जैसे ही हमें कोई खबर मिलेगी कि सभी को यहां से जाना है और कहां जाना है। हम आप लोगों को इसकी जानकारी दे देंगे।

अब्बू और रहमान अंकल अफसर से मिलकर वापस आ गए। इंतजार करते हुए एक दो दिन और बीत गए, पर कोई खबर नहीं आई।

अचानक एक दिन कैंप में दो ऑफिसर आए और लोगों से अब्बू के बारे में पुछते हुए हमारे बैरक तक आ गये।

अब्बू थोड़ा घबड़ा गए और डरते-डरते उन्होंने पूछा कि आप मुझे क्यों ढूंढ रहे है?

तो उनमें से एक ने कहा कि दरअसल, मैं भारत से उसी जगह का हूं जहां के आप हैं। शायद आपने मुझे पहचाना नहीं, मैं लखन सिंह का बड़ा बेटा हूं, जो आर्मी में चला गया था।

अब्बू को याद आया कि लखन सिंह बच्चपन में उन्हें हिंदी पढ़ाया करते थे और वह मेरे दादा के खास लोगों में से एक थे। यह उस समय की बात है जब मेरे दादा की पोस्टिंग एक डाक्टर के तौर पर बिहार के शहर "नेउरा" में हुआ करती थी।

लखन सिंह के बेटे ने कहा कि दरअसल, जब मैं अपने पिता से मिलकर लौट रहा था, तब आपके पिता ने मेरे पिता को यह पत्र देते हुए कहा था, कि लखन, आपका बेटा ढाका जा रहा है। उससे बोलना कि अगर उसे मेरा बेटा मिले, तो उसे यह पत्र दे देना और मुझे उसकी खैरियत बता देना। मैं अपने पिता की बात को नहीं टाल सकता था, इसलिए मैं पिछले एक महीने से आप लोगों को ढूंढ रहा हूं। भगवान का शुक्र है कि आप लोग मिल गए। अब आप लोग मुझे बताइये कि मैं आप लोगो की क्या मदद कर सकता हूं।

अब्बू ने कहा कि अगर संभव हो तो हम लोगों को अपने साथ भारत ले चलें। उस पर उन्होंने कहा।

मैं कल भारत वापस जा रहा हूं। मैं कोशिश करूंगा कि आप लोगों को साथ ले जा सकूं इसके लिए मुझे ऊपर बात करनी होगी। अगर मैं कल नहीं आया तो आप समझ जाइएगा कि मैं कुछ नहीं कर सका, लेकिन आप के पिता को आप लोगों की खैरियत बता दूंगा। लेकिन आप लोग चिंता न करें, हमारी सरकार आप लोगों की मदद जरूर करेगी। अगर संभव हो तो एक पत्र दे दीजिए ताकि आप लोगों की स्थिति के बारे में आप के पिता को मैं आपके शब्दों के माध्यम से उस पत्र से पहुंचा दूं।

अब्बू ने जल्दी-जल्दी एक पत्र लिख कर उनको दिया और कहा कि मैं प्रार्थना करूंगा कि आपका प्रयास सफल हो।

उसके बाद लखन सिंह के बेटे ने कहा कि चलता हूं दुआ कीजिए मैं आप लोगों को साथ ले जाऊं और आप लोगों की खैरियत आप के पिता तक पहुंचा दूं, वह काफी परेशान हैं। (यह थी एक हिंदू और मुसलमान के बीच सच्ची दोस्ती की दुर्लभ निशानी जिसकी मिसाल कम देखने को मिलती है)

उनके जाने के बाद पूरे दिन और पुरी रात अब्बू, अम्मी और नानी उन के आने या कोई खबर आने का इंतजार करते रहे, लेकिन वह नहीं आ सके। जाहिर है, उनके हाथ भी बंधे थे। एक आशा बंधी थी जो टूटती हुई प्रतीत हो रही थी। लेकिन फिर भी किसी ने हार नहीं मानी।

रहमान अंकल फिर मिलने आये। अब्बू ने रहमान अंकल से बात की और उनके बेटे ने बताया कि जितने लोग यहां हैं वह अपने हस्ताक्षर सहित भारतीय सेना प्रमुख को एक पत्र लिखें और उनसे यहां से निकलने में मदद करने का अनुरोध करें।

अब्बू ने जल्दी से एक पत्र तैयार किया और उस पर सभी लोगों ने हस्ताक्षर किए, फिर उन्होंने अपने शिविर में बैठे एक भारतीय सेना के जवान के माध्यम से उसे मुख्यालय में भिजवाया।

उधर से जवाब आया कि पूर्वी पाकिस्तान में फंसे लोगों को यहां से भेजा जाएगा, उसमें आपका कैंप भी शामिल है।

अब्बू ने पूछा कि कहां जाएंगे तो जवाब मिला पाकिस्तान।

पाकिस्तानी सेना के शिविर में रहते हुए पंद्रह दिन बीत चुके थे। अचानक एक दिन खबर मिली कि सभी लोग तैयार रहें, एक हफ़्ते के अंदर आप लोगों को भेजना शुरू किया जाएगा। हम जिस आर्मी कैंप में थे, वहां करीब 5,000 लोग थे। हमारा नाम तीसरी सूची में था। धीरे-धीरे समूहों में भेजा जाने लगा। हमारी बारी चार दिन के बाद आई। एक ट्रक आया और उसमें करीब दस परिवारों, या लगभग 40 से 50 लोगों को चलने के लिए कहा गया। अम्मी, अब्बू और नानी ने जल्दी-जल्दी अपना सामान पैक करना शुरू कर दिया और जो खुले हुए सामान थे उसको बांधने लगे। सिमी आपा को कुछ समझ में नहीं आया, तो उन्होंने जितने आलू और टमाटर रखे थे उसे एक चादर में डाल कर बांध दिया और अपने कंधे पर लटका लिया। बच्चे का दिमाग था जो सही लगा किया। हमने भी जो खाने की चीजें हाथ लगी उसे अपने हाथों में ले लिया और सभी लोग ट्रक पर सवार हो गए। ट्रक अपने गंतव्य की ओर बढ़ने लगा। अज्ञात खतरों से अनजान, सड़क पर आतंक, सन्नाटा, घृणा और हिंसा का माहौल था। सेना के ट्रक पर बैठे लोगों को देखकर मुक्ति बानी वाले हमें मारने को दौड़े, लेकिन भारतीय सेना की जीप आगे-पीछे से हमें कवर करती चल रही थी। हर नज़र में नफरत थी और हमारी आंखों में सवाल था, आखिर हमारा कसूर क्या है? हमारे बीच एकमात्र अंतर भाषा का है और उसके कारण हमें मारना चाहते हैं। क्या पाकिस्तान का निर्माण मुसलमानों के नाम पर इसलिए किया गया था

ताकि एक ही धर्म के लोगों का उसी धर्म के लोगों की तरफ से नरसंहार किया जा सके?

ट्रक धीरे-धीरे चलता रहा और हमारे दिल धड़कते रहे, कि न जाने अब आगे क्या होगा। अचानक ट्रक ढाका के रेलवे स्टेशन के पास रुक गया। चारों ओर से भारतीय सेना ने स्टेशन को घेरा हुआ था। स्टेशन पर काफी भीड़ जमा हो रही थी, जिसमें मुक्ति बानी के लोग शामिल थे। भारतीय सेना हमें चारों ओर से घेर कर आगे बढ़ रही थी। सब हमें गालियां दे रहे थे और नारे लगा रहे थे। "आमार सोनार देश तुमी जाओ" यानी हमारी सोने जैसे देश से बाहर जाओ। कुछ लोगों ने पत्थर मारना शुरू कर दिया। आर्मी वाले हमारी सुरक्षा करते हुए एक सील (Seal) ट्रेन की ओर बढ़े और ट्रेन पर बैठाना शुरु कर दिया और बोलते जा रहे थे कि खिड़की कोई नहीं खोलेगा। हम में से लगभग 60 लोगों को एक डिब्बे में सवार किया गया। शेष डिब्बों में भी अन्य स्थानों से लाए गए लोगों को सवार किया गया। सब लोगों के सवार होने के बाद सेना के जवान भी प्रत्येक डिब्बे में सवार हो गए।

जब सभी लोग बैठ गए और ट्रेन धीरे-धीरे आगे बढ़ने लगी तब अब्बू ने एक सेना के जवान से पूछा कि हम लोगों को कहां ले जाया जा रहा है। सेना के जवान ने कहा कि आप लोगों को नारायणगंज (Narayanganj) ले जाया जा रहा है। पूरे रास्ते ट्रेन की खिड़कियां बंद रही और थोड़ी-थोड़ी देर में खिड़की पर ईंटों के लगने की आवाज़ भी आती थी। अंदर घुटन का माहौल था, लेकिन हम खिड़कियां खोल नहीं सकते थे क्योंकि ट्रेन जहां भी गुजरती थी, स्थानीय लोग पत्थर फेंकते थे और "आमर सोनार देश बांग्लादेश" का नारा लगाते थे और हमें गालियां देते थे। मारने की धमकी भी देते थे उस अपराध के लिए जो हमने कभी किया ही नहीं था। उस समय भारतीय सेना हर किसी को एक फरिश्ता की तरह दिखाई दे रही थी जो मौत के मुंह से बचा कर ले जा रही थी।

खुदा-खुदा कर के ट्रेन नारायणगंज पहुंच गई। वहां अलग कयामत का दृश्य था। नारायणगंज में हमें पानी के जहाज पर बैठना था। वहां तक पहुंचने के लिए हमें ट्रेन से उतर कर कुछ दूर चल कर जाना था फिर जहाज पर चढ़ना था। अब उस ट्रेन से जहाज तक का सफर काफी मुश्किल और खतरनाक था। क्योंकि असल समस्या यह थी कि लाइन के दोनों ओर बहुत से सरकारी कार्यालय के वो कर्मचारी बैठे और खड़े थे, जो 4 मार्च को ढाका के पतन से पहले शेख मुजीब द्वारा श्रमिकों के बहिष्कार की घोषणा के बाद काम छोड़ कर बैठे थे, जिनको पाकिस्तान सरकार ने निकाल कर उनकी जगह गैर-बंगालियों को नियुक्त कर लिया था। अब ढाका के पतन के बाद वे उन गैर-बंगालियों को ढूंढ़-ढूंढ़कर, उनकी पहचान करके उन्हें मार रहे थे और उस समय का बदला अब ले रहे थे। उनमें एयरलाइंस, बिजली और दूसरे सरकारी दफ्तरों के लोग शामिल थे। उनको जो व्यक्ति मिल जाता उसे खींचकर ले आते और वहीं मार देते थे, यानी मौत का साया हर जगह हमारे साथ-साथ चल रहा था। भारतीय सेना लोगों को निकालने का काम काफी संभल-संभल कर, कर रही थी, लेकिन फिर भी वो लोग मौके का फायदा उठाकर किसी न किसी को खींच ले रहे थे। उन लोगों में P.I.A के भी कुछ बंगाली कर्मचारी खड़े थे, जिनमें शम्सुद्दीन भी था, जो अब्बू के साथ काम करता था और जो भी हड़ताल पर चला गया था और उसकी नौकरी चली गई थी। वह अब्बू और अम्मी को अच्छी तरह जानता था। अब्बू उसे देखकर घबड़ा गये। अब्बू ने जल्दी से अपने सिर पर एक कपड़ा डाला और सिर के ऊपर सामान रख लिया और अम्मी और नानी से कहा कि वो तुरंत अपनी साड़ी के आंचल से अपना चेहरा ढक लें। अब्बू सिर पर बक्सा उठाए एक मजदूर की तरह चलने लगे। अम्मी, नानी और हम बच्चे उनके पीछे-पीछे चलने लगे। अम्मी और नानी साथ में दुआ भी पढ़ती जा रही थी। अचानक शम्सुद्दीन अब्बू के सामने आ गया। मौत को इतना करीब देखकर अब्बू घबरा गये, लेकिन खुदा की कृपा ऐसी हुई कि उसके साथी को कोई और

नजर आ गया और वो अब्बू की ओर ध्यान दिए बिना आगे बढ़ गया। उसने अब्बू के पीछे आ रहे एक व्यक्ति को रोक दिया न जाने वह कौन थे और उनके साथ क्या हुआ, हम लोग बगैर पीछे देखे आगे की ओर बढ़ते चले गये। इस युद्ध और तनाव के माहौल में हम बच्चे भी समझदार हो गए थे। प्रार्थना करते-करते और एक दूसरे का हाथ पकड़े-पकड़े हम लोग पानी के जहाज तक पहुंच गए। जहाज़ पर चढ़ना भी आसान नहीं था। लगातार मुक्ति बानी के लोग धक्का-मक्की कर रहे थे। इस धक्का-मक्की में मेरे अब्बू, अम्मी और नानी किसी तरह सामान और हम बच्चों को संभालते हुए जहाज़ पर चढ़ गए। हर जगह अराजकता का माहौल था, यहां तक कि पानी में भी मुक्ति बानी के लोग चारों तरफ फैले हुए थे।

खुदा-खुदा कर के हम लोग पानी के जहाज पर ऊपर पहुंच गये। ऊपर चढ़ कर हमने राहत की सांस ली। जहाज पर पैर रखने की जगह नहीं थी और हर तरफ लोग बैठे थे। चूंकि लोग अभी चढ़ रहे थे इसलिए किसी को कोई खास जगह नहीं दी गई थी। इस पानी के जहाज पर या तो वो लोग थे जो छोटे-मोटे व्यवसाय करते थे या फिर डॉक्टर, इंजीनियर और अच्छे पढ़े-लिखे लोग भी थे और मुक्ति बानी के लोग उन्हीं डॉक्टर, इंजीनियर और पढ़े-लिखे लोगों को खोज-खोज कर मार रहे थे। वह हर जगह छापे मार रहे थे और बार-बार जहाज़ पर चढ़ने की कोशिश भी कर रहे थे। हमारे 60 लोगों के समूह में ऐसे लोग शामिल थे और भारतीय सेना हमें विशेष सुरक्षा दे रही थी। क्योंकि हमारे समूह पर हमले का बहुत अधिक खतरा था। हमारे बीच एक साहब थे। अचानक उनकी 19 वर्षीय बेटी ने जहाज से उतरकर कुछ खरीदने का फैसला कर लिया, बिना किसी को बताए। उसी पल एक और लड़की भी उसके आगे उतरी और उसको खींच लिया गया। आर्मी वाले उसको बचाने के लिए दौड़े, लेकिन बचा नहीं पाए।

अब्बू ने दौड़कर उस लड़की को पकड़कर ऊपर खींच लिया। उसने अब्बू से बदतमीजी करना शुरु कर दिया, तब अब्बू ने उसे एक थप्पड़ मारा और कहा जाओ जा कर मरो, अंधी हो देखा नहीं तुम्हारे सामने उस बच्ची के साथ क्या हुआ है? और उन साहब से कहा कि अपनी बेटी को संभाले। उसके कारण हम 60 लोग जो संरक्षण में हैं, सभी मारे जाएंगे। इस समय, इस जहाज़ पर हर व्यक्ति अपनी भलाई चाहता है। अगर एक व्यक्ति ने भी खाने की लालच में आ कर हमारी मुखबरी कर दी तो हम सब मारे जाएंगे। बांध के रखें अपनी बेटी को।

सेना के लोगों ने भी उस लड़की और उनके पिता पर काफी नाराजगी जाहिर की और कहा कि आप लोग और ये रसोई के 60 बंदे हमारे लिए बहुत महत्व रखते हैं। आप लोग सावधान रहे और हमें परेशानी में नहीं डालें। आप सभी लोग जहाज पर चढ़ कर लोगों से न बात करें और न ही जहाज की बालकनी के किनारे पर जाएं। (ये बात हमें बाद में पता चली कि हम अर्ध-सरकारी और सरकारी नौकरी वाले लोग थे और इसीलिए हमारी सुरक्षा कड़ी थी और हमारे समूह में आर्मी कैंटीन के लोग भी थे।)

इसी बीच, आर्मी वालों ने जा कर जहाज के ऊपरी हिस्से में हम लोगों लिए जगह बना दी और हमारे परिवार को एक केबिन दे दिया। हमारे समूह के बाकी लोगों को भी ऊपर ही जगह दी। आर्मी के प्रभारी ने हमारे परिवार को एक विशेष केबिन इसलिए दिया था क्योंकि रहमान साहब ने हमारे परिवार की विशेष देखभाल करने का वादा किया था। दूसरे उस आर्मी वाले को पता नहीं हम बच्चों से बहुत लगाव था। शायद उसे अपने बच्चों और परिवार की याद आ रही थी। ऊपर से जब हमने जहाज से समुद्र की ओर देखा तो हर तरफ गोल-गोल फूली हुई वस्तुएं दिखाई दे रही थी।

अब्बू ने आर्मी वाले से पूछा यह पानी में क्या है?

उसने कहा कि ये शव हैं। उसने यह भी कहा कि कुछ लोग अभी और जहाज पर आएंगे, इसलिए जहाज अगले दो दिनों तक बंदरगाह पर ही रहेगा। इसलिए आप लोगों को बहुत सावधान रहना होगा।

यह दो दिन भी बहुत लम्बे थे क्योंकि हर बार मुक्ति बानी के नेता जहाज पर जांच करने आ जाते थे और भारतीय सेना उन्हें रोक नहीं पाती थी। वह सरकारी और अर्ध-सरकारी लोगों को खोजकर और खींच कर ले जाते थे।

अब्बू ने जब यह स्थिति देखी तो अपने सारे कागजात फाड़कर पानी में फेंक दिए। क्योंकि P.I.A की नौकरी भी अर्ध-सरकारी नौकरी थी।

मेरी अम्मी घबड़ा गई और अब्बू से कहा कि आपने तो हमारे सारे सबूत नष्ट कर दिए। सभी कागजात बहा दिए आगे हम क्या करेंगे?

अब्बू ने कहा कि उन कागजों के लिए मैं अपनी, तुम्हारी और अम्मा की जान जोखिम में नहीं डाल सकता।

वह यह बात अम्मी से कह ही रहे थे कि अचानक मुक्ति बानी के लोग ऊपर भी जांच करने आ गए और हमारे सामान की तलाशी लेने लगे और अब्बू से सवाल पूछने लगे। जब उन्हें हमारे सामान से कुछ नहीं मिला तो वे चले गये।

जहाज़ पर हमें तीन वक्त का खाना मिल रहा था और खाने की कोई समस्या नहीं थी। जहाज़ के खाने में एक छोटी कप चाय और एक छोटी पुड़ी मिलती थी, जो किसी की भी भूख मिटाने के लिए कम थी, लेकिन हां ज़िंदा रखने के लिए काफी थी। बच्चे भूख से सिर पकड़ लेते थे। हमारे अब्बू-अम्मी अपनी पुड़ी आधी-आधी बच्चों को दे दिया करते थे। दोपहर और रात को दाल रोटी मिलती थी वह भी केवल इतना कि लगे कुछ खा लिया है।

अब्बू ने नानी और अम्मी से कहा कि सिमी जो आलू बांध के रखी है उसे हटा दें।

लेकिन मेरी अम्मी और नानी ने आलू हटाने से मना कर दिया और कहा, पता नहीं आगे क्या हो, हम आलू साथ में रखेंगे। न जाने उनके दिमाग में क्या चल रहा था।

हम बच्चों को जहाज़ की रेलिंग तक जाने की इजाजत नहीं थी। इसलिए नदीम और मैंने अपने सामान में से खेलने के लिए कुछ ढूंढना शुरु किया तो हमारे हाथ वह Golf के बॉल लग गए जिसे सिमी आपा ने छिपा कर सामान में रखा हुआ था। मैं और नदीम एक दूसरे के सामने बैठ कर एक दूसरे को गेंद पास करने लगे। सिमी आपा भी हमारे साथ शामिल हो गई। नाजिया और रेहान सो रहे थे। अचानक जहाज़ थोड़ा हिला और गेंद हाथ से फिसलकर घूमती हुई पानी में गिर गई। हम गेंद के पीछे दौड़े और मैंने वह दृश्य देखा जिसे मैं आज तक भूल नहीं पाई, और शायद उसी कारण से आर्मी के लोग और हमारे बड़े रेलिंग के किनारे तक जाने से हमें मना करते थे।

पानी में दूर-दूर तक नावें थीं और हजारों लाशें पानी में तैर रही थीं। उनमें बच्चे, बुजुर्ग, महिलाएं और युवा सब शामिल थे, जिनके शव सड़ चुके थे। नावों पर मुक्ति बानी के लोग बैठे थे और खामोशी से जहाज के चारों ओर घूम रहे थे। उन लोगों को देखकर हमारे मुंह से चीख निकल गई और हमारी चीखें सुनकर अब्बू और सेना के लोग हमारी तरफ दौड़े। अब्बू हमें डांटने लगे, लेकिन जब अब्बू ने हमारी तरफ देखा कि हम किधर इशारा कर रहे हैं, तो तुरंत हमें पीछे किया और हमें लेकर पीछे हट गए। नीचे बैठे सेना के जवान ऊपर आ गए और जहाज का हॉर्न बजने लगा, सब लोग डर गए। हमने शव और नावें देखीं थी, लेकिन दरअसल जिस चीज को देख कर हमारी चीख निकली थी वह थी हमारे करीब आती मौत। मुक्ति बानी जहाज पर रस्सी के लंगर डालकर उसके जरिए

ऊपर आ रहे थे। उन्होंने कपड़ों के नाम पर लुंगियां बांध रखी थी, और कमर और कंधों पर तलवार और खंजर लिए हुए थे। अगर वह Golf की गेंद पानी में न गिरी होती तो शायद उस अचानक हमले से कोई भी जिंदा नहीं बच पाता। हमारी चीख-पुकार से सेना को पता चला तो उन्होंने ऊपर से ही फायरिंग कर के उन लोगों को मार डाला क्योंकि चेतावनी देने पर भी वो लोग वापस नहीं हो रहे थे और सेना के लोगों को भी गालियां दे रहे थे। एक बार फिर खुदा पर हमारा विश्वास और मजबूत हो गया।

अब्बू ने कहा कि मैंने इन बच्चों को बॉल चुराने पर कितना डांटा था। लेकिन आज हमें पता चला कि खुदा ने इस बॉल को माध्यम बनाया था हमारी जिंदगी को बचाने का। जिस तरह उस घड़ी और सिगरेट के डिब्बे को खुदा ने माध्यम बनाया ढाका में मेरी (अब्बू) जान बचाने का। आज इस बॉल की वजह से न जाने कितने लोगों की जान बच गई।

खुदा-खुदा कर के दो दिन बीते। बार-बार मुक्ति बानी के लोग आते और जांच करते थे, और जब वो संतुष्ट हो गये कि जहाज पर कोई भी सरकारी अधिकारी नहीं है, तो उन्होंने जहाज को आगे बढ़ने की अनुमति दे दी। खुदा-खुदा कर के जहाज चला और ये दो दिन हम लोगों ने कैसे भय और खौफ में बिताए वह केवल हम ही जानते हैं। बच्चे तो सो भी जाते थे, लेकिन बड़े नहीं सो पाते थे। कोई न कोई आर्मी वालों के साथ पहरा दे रहा होता था। अब उस स्थान पर न हम पाकिस्तानी लोग थे न वह भारतीय सेना के जवान, अगर कोई चीज थी तो वह थी मानवता, और उसी नाते वह हमारी रक्षा कर रहे थे और खुद को भी अपने प्रियजनों के लिए बचा रहे थे। जहाज पर हमें जो भोजन मिलता था, उस की भी कड़ी निगरानी होती थी और जहाज के कर्मचारियों को हटा कर पाकिस्तानी सेना के रसोईघर के जो लोग हमारे साथ थे, उनके द्वारा खाना

पकवाया जा रहा था, क्योंकि संदेह था कि कहीं जहाज के चालक दल में कोई गद्दार न हो और खाने में जहर ना दे दे।

जहाज खुलना (Khulna) के लिए रवाना हुआ था, लेकिन हम नहीं जानते थे कि हम कहां जा रहे हैं और जहाज कहां जाकर रुकेगा। "खुलना बंदरगाह" के पास जाकर हमारा जहाज रुका। वो एक अनाज का बड़ा सा गोदाम था, जहां हम लोगों को उतारा गया, जो पूरी तरह खाली था। वहां पर खाने को कुछ भी नहीं था। यहां पर भी हर जगह हर पल आर्मी के लोग हमारे साथ थे और हमें घेरे हुए थे और सब को गोदाम के अंदर भेज रहे थे। गोदाम के अंदर जा कर जिसको जहां जगह मिली बैठ गए। गोदाम का दरवाज़ा खुला हुआ था और आर्मी वाले, लोगों को दरवाजे पर रुकने से मना कर रहे थे। हमारे साथ बहुत से ऐसे बच्चे भी थे जिनके मां-बाप पीछे छूट गए थे। सेना के बार-बार मना करने के बाद भी ये बच्चे दरवाज़े की ओर चले जा रहे थे। हमारे सामने मुक्ति बानी के लोगों ने दो लड़कों को खींचकर उन्हें चाकू मार दिया। उसके बाद सेना ने दरवाज़ा बंद कर दिया। हमारे पास खाने-पीने के नाम पर आलू के अलावा कुछ भी नहीं था और जिसके पास कुछ था वह किसी दूसरे को नहीं देते थे। क्योंकि किसी को पता नहीं था कि कब तक किस को रहना है। उन परिस्थितियों में, हर किसी को अपना देखना था। शाम होते ही हम बच्चे भूख से रोने लगे, खासकर नदीम, नाजिया और रेहान।

अब्बू परेशान हो गए और उन्होंने अम्मी से कहा कि मैं देखता हूं कुछ खाने को लेकिन देगा कौन किससे पूछे।

इस पर अम्मी ने कहा कि आलू तो है हमारे पास लेकिन उसे उबालने के लिए न बर्तन है और न चूल्हा कि बच्चों को उबाल कर दूं। आप देखिए शायद कोई चूल्हा हमें उधार दे सके।

अब्बू ने कहा कि मैं देखता हूं। यह कहते हुए अब्बू ने अपनी सिगरेट जलाई जो आखिरी थी। वह सिगरेट पीते हुए इधर-उधर देखने लगे।

हम बच्चों को रोता देख कर खयाल मोहम्मद अंकल आए और उन्होंने कहा कि क्या बात है बहन कुछ खाने को नहीं है क्या?

अम्मी ने कहा नहीं भाई। कुछ भी नहीं है सिर्फ आलू है लेकिन न बर्तन है, न चूल्हा है, कैसे उबाल कर दूं बच्चों को?

खयाल मोहम्मद अंकल ने कहा कि चूल्हा और बर्तन तो है हमारे पास लेकिन खाना नहीं है। इन बच्चों को आलू उबाल कर दो। फिर खयाल मोहम्मद ने बर्तन और चूल्हा लाकर दिया, जिसमें केवल दो दिन का तेल था। वह भी अगर सावधानी से उपयोग किया जाता तो।

अम्मी ने जल्दी से 6 आलू उबालकर बच्चों को दिया और एक बड़े आलू को तीन टुकड़ों में काटकर अब्बू, अम्मी और नानी ने खाया। खयाल मोहम्मद और उनके साथी ने आलू लेने से इनकार करते हुए कहा कि हम बड़े तो इसे सह लेंगे, लेकिन बच्चे नहीं बर्दाशत कर पाएंगे। पता नहीं और कितने दिन रहना पड़े।

आर्मी के लोगों ने हमारे लिए पानी की व्यवस्था कर दिया था। हम में से किसी को भी बाहर जाने की अनुमति नहीं थी। उस बंद गोदाम में हम लोगों का दम घुट रहा था। बच्चे परेशान होकर और भूख से रोने लगते थे। जैसे-जैसे समय बीतता जा रहा था, निराशा बढ़ रही थी। हर किसी के दिमाग में एक ही सवाल था, अब क्या होगा और हम कहां जा रहे हैं। ये आर्मी हमारे दोस्त हैं या हमारे साथ धोखा करेंगे। बाहर क्या हो रहा था किसी को कुछ पता नहीं थी। हर तरफ अंदर और बाहर सेना के लोग थे। कभी-कभी बाहर से हंगामा और फायरिंग की आवाज भी आती थी। कोई भी आर्मी वाले कुछ नहीं बता रहे थे। बस

इतना बताया के मुक्ति बानी और आम लोग हैं जो हमला करने की कोशिश कर रहे हैं, लेकिन हमारी कड़ी सुरक्षा के कारण वो अंदर नहीं आ पा रहे हैं और ये भी बताया कि वो किसी के ऑडर का इंतजार कर रहे हैं। इस तरह शायद एक या दो दिन बीत गए, हमें ठीक से याद नहीं है। अचानक एक दिन रात को बल्कि आधी रात को, पता नहीं रात का कितना समय हो रहा था, आर्मी के लोग अंदर आए और उन्होंने कहा कि आप लोग बिना कोई शोर मचाए चुपचाप बाहर निकले, अपने-अपने परिवार का हाथ पकड़कर और बच्चों को सावधानी से पकड़ें, कोई रोए नहीं, कोई शोर न मचाए और न बाहर कोई टॉर्च जलाए। बस चुपचाप हमारे पीछे चलते जाएं। हमेशा की तरह मुझे, सिमी आपा और नदीम को शोर मचाने से मना किया गया और रेहान और नाजिया के मुंह पर हाथ रख दिया गया ताकि वो रोए नहीं। जब हम लोग बाहर निकले तो हर तरफ अंधेरा था। अगर कहीं रोशनी थी तो सिर्फ़ चांद की थी। शायद खुदा हमें रास्ता दिखा रहा था। इसीलिए आज चांद भी बहुत चमक रहा था। और उसी रोशनी में हमें लाइन बना कर आगे बढ़ने को कहा गया, पता नहीं हम लोग कितनी देर चलते रहे। जब बच्चे थक जाते तो बड़े उन्हें गोद में उठा लेते। शायद पंद्रह-बीस मिनट के बाद हमें रोक दिया गया। हमारे साथ, दाएं-बाएं, आगे-पीछे सेना के जवान चल रहे थे। हम जिस स्थान पर पहुंचे वह संभवतः किसी रेलवे स्टेशन का बाहरी क्षेत्र था और कुछ ट्रेन बीच की पटरियों पर खड़ी थीं। हमें पता नहीं कि कितनी ट्रेनें वहां खड़ी थीं। हम लोगों को ट्रेन में चढ़ने के लिए कहा गया। बिना कोई शोर के, महिलाओं और बच्चों को काफी तकलीफ हो रही थी, चढ़ने में। बड़ी मुश्किल से सब को ट्रेन पर उस अंधेरे में चढ़ाया गया। यह ट्रेन भी पूरी सील थी और लाइट और पंखा कुछ भी काम नहीं कर रहा था। अब्बू ने खोज कर सामान से मोमबत्ती निकाली, लेकिन सेना के जवान ने कहा कि अभी नहीं जलाना है। अब्बू ने फिर, अंधेरे में ही अम्मी, नानी और बच्चों को आवाज से पकड़-पकड़ कर एक जगह बैठाया और सबके

नाम लेते हुए पूछा कि सब यहां हो कि नहीं। हमारे साथ वो 60 लोग थे जो शुरू से ही हमारे साथ चल रहे थे, बाकी दूसरे लोग दूसरे डिब्बों में थे। हमने एक बात आरंभ से ही महसूस किया और वह यह कि हम 60 लोगों को शुरू से ही बहुत अच्छी सुविधाएं दी जा रही थीं। अब, ये डॉक्टर, इंजीनियर और सिविल सेवा या अर्ध-सरकारी क्षेत्र में काम करने वाले लोग होने के कारण था, या रहमान अंकल की वजह से था, या पता नहीं क्या था। हमें आम लोगों से अलग रखा जा रहा था। उस कोच में 6 भारतीय सेना के जवान भी थे जो ड्यूटी पर थे। दरवाजा प्रत्येक डिब्बे का केवल एक ही खुला था और कोई भी डिब्बा एक दूसरे से लिंक नहीं था, और शटर अंदर से बंद था। अंदर दम घुट रहा था, खिड़की बंद होने के कारण से और ऊपर से अंधेरा भी था।

आर्मी वालों ने अब्बू से कहा की आप मोमबत्ती जला सकते हैं ताकि बच्चों को परेशानी नहीं हो और जब ट्रेन चलेगी तो हवा आएगी। अभी कोई भी खिड़की खोलने की कोशिश न करें। मेरा भाई रेहान और नाज़िया, अम्मी और नानी की गोद में काफी परेशान हो रहे थे। एक तो गर्मी, ऊपर से खाने को कुछ भी नहीं, और वह दोनों दूध पीने वाले बच्चे थे। खुदा-खुदा करके ट्रेन धीरे-धीरे नए गंतव्य की ओर बढ़ने लगी। न जाने कितनी देर ट्रेन चलती रही और फिर एक जगह रुक गई, खिड़की अभी भी बंद थी, इसलिए हमें पता नहीं था कि हम कहां हैं। पूछने पर पता चला कि हम लोग "खुलना" रेलवे स्टेशन पर हैं और यहां इंजन बदला जाएगा। थोड़ी देर इंतजार करने के बाद हमें पता चला कि इंजन बदल दिया गया है। बाद में हमें पता चला था कि यह भारतीय ट्रेन का इंजन था जो इस ट्रेन में लगाया गया था। करीब रात के तीन या चार बजे होंगे जब हमारी ट्रेन किसी अज्ञात स्थान के लिए रवाना हो गई। सबके मन में यही सवाल था कि यह यात्रा कब समाप्त होगी और अब हम कहां जा रहे हैं?

अब्बू ने सेना के जवान से पूछा भी कि हम कहां जा रहे हैं, तो उन्होंने जवाब दिया कि हमें खुद पता नहीं है कि हम कहां जा रहे हैं, लेकिन जो हम जानते हैं उसके आधार पर, आप लोगो को पाकिस्तान जाना है। करीब एक घंटे बाद हमें बताया गया कि आप लोगों को पहले भारत ले जाया जाएगा और फिर वहां से आप लोग पाकिस्तान चले जाएंगे। यह सुनकर कुछ लोग खुश हुए तो कुछ दुखी, लेकिन सभी ने खुदा का शुक्रिया अदा किया कि उस मौत की नगरी से बाहर तो निकल रहे हैं और आगे जो भी होगा, वह इससे तो बुरा नहीं होगा। ट्रेन अपनी गति से चल रही थी और डिब्बे से भी घुटन कम होने लगी थी। बच्चे और महिलाएं सब सो चुके थे। पुरुष अज्ञात भय के कारण जाग रहे थे। जब सुबह का उजाला फैला तो बच्चे जागने लगे। नदीम और रेहान बर्थ से उतरकर खेलने लगे और आर्मी वाले के पास पहुंच गए। एक सेना का आदमी खिड़की के पास बैठा था।

नदीम ने उनसे कहा कि अंकल खिड़की खोलो। हमको बाहर देखना है और हमें भूख भी लग रही है।

उनमें से एक ने कहा कि थोड़ी देर के बाद खोलेंगे।

करीब आधे घंटे बाद उन्होंने खिड़की खोलने की कोशिश की, लेकिन जब लाख कोशिशों के बाद भी खिड़की नहीं खुली, तो एक आर्मी वाले ने खिड़की पर लात मारी, जिससे खिड़की का एक हिस्सा टूट गया। न जाने हम बच्चों को क्या समझ में आया कि हमने खुशी से तालियां बजानी शुरु कर दी। और नदीम ने कहा कि अंकल, आपके जूते में बहुत ताकत है। मैं भी बड़ा होकर ये जूता लूंगा। उसके बाद आर्मी वालों ने बच्चों को खुश करने के लिए दो-तीन खिड़कियां इसी तरह से खोल दी।

काफी देर ट्रेन ऐसे ही चलती रही और फिर हमें पता चला कि ट्रेन भारत में प्रवेश कर चुकी है। उस पल हमें ऐसा लगा कि हम सुरक्षित हाथों में आ गए

हैं। अब हमारा डर खत्म होने लगा और अब्बू, अम्मी और नानी अपना बचपन, अपने मां-बाप और अपने घर को याद करने लगे। पता नहीं क्यों ऐसा लगने लगा था कि कुछ देर बाद सब लोग अपने-अपने घर होंगे। लेकिन यह सिर्फ एक सपना था, हकीकत कुछ और थी। परीक्षाएं अभी भी लंबित थी। न जाने कितना समय तक यात्रा करने के बाद हमारी ट्रेन सियालदाह के आउटर सिग्नल पर जाकर रुकी।

आर्मी के लोगों ने अब्बू और अन्य दूसरे लोगों से पूछा कि आप लोगों को कुछ खाना है या आप लोगों ने कुछ खा लिया है।

अब्बू ने कहा कि हमारे पास खाने को कुछ भी नहीं है।

आर्मी वाले ने कहा कि ठीक है रुकिए कोई ट्रेन से नहीं उतरेगा। एक आर्मी वाले बाहर गए और कुछ खाने-पीने के सामान साथ लेकर आए। जिसमें कुछ नमक पारा भी था, जो उसने अम्मी को दिया कि छोटे बच्चों को दे दो। नाजिया और रेहान डेढ़ साल और ढाई साल के थे। नानी ने पानी में नमक पारे को नरम करके उन्हें खिला दिया। क्योंकि बाहर दूध उपलब्ध नहीं था। जब सबने खाना खा लिया तो अब्बू ने खिड़की से बाहर देखा, बड़े-बड़े पाइपों से पानी गिर रहा था, शायद ट्रेन को धोया जाना था। कुछ लोगों ने हमारी बोगी से नहाने के लिए कहा। कुछ देर सोचने के बाद आर्मी वाले ने अब्बू, नदीम और कुछ अन्य लोगों को अनुमति दे दी, लेकिन चारों ओर सेना के जवान खड़े थे। अब्बू, नदीम और रेहान जब अच्छी तरह नहा चुके और बाकी लोग अभी भी नहा ही रहे थे, तो कुछ लोगों को आर्मी वाले ने हमारी तरफ आते देखा तो उसने तुरंत सभी को ट्रेन में वापस जाने को कहा और कहा गया कि जब ट्रेन सियालदाह स्टेशन पर जाकर रुकेगी तो कोई भी किसी फेरीवाले से बात नहीं करेगा और न ही कोई सामान लेगा।

थोड़ी देर बाद ट्रेन चलने लगी और जल्द ही सियालदाह स्टेशन में प्रवेश कर गई। वहां पर हम लोगों की गिनती की गई, हर डिब्बे में ताकि कोई आदमी कम नहीं हो, और अगर कोई उतर गया हो तो पता चल जाए, और अगर कोई आगे चढ़ जाए तो उस पर भी नजर रखी जा सके। जैसे ही ट्रेन रुकी, फेरीवाले हमारी ओर दौड़ने लगे, ठीक वैसे ही जैसे वह आम ट्रेन की ओर दौड़ते हैं। यहां भी बहुत सारे लोग थे। जब आर्मी वाले ने किसी को भी ट्रेन के पास आने और उसमें चढ़ने नहीं दिया, तो वह चिल्लाने लगे और पूछने लगे कि आप लोग कहां से आए हो और कहां जा रहे हो। किसी डिब्बे में से किसी ने बोल दिया कि हम बांग्लादेश से आए हैं और पाकिस्तान जा रहे हैं। फिर क्या था एक हंगामा शुरू हो गया। हमारे खिलाफ नारे लगने लगे। आर्मी वालों ने जल्दी से आगे आकर फेरीवाले को भगाया और लोगों को हर डिब्बे में फेरीवाले से सामान खरीदने से मना कर दिया क्योंकि सभी की जान को खतरा था और उन्हें जहर भी दिया जा सकता था। बच्चों ने स्टेशन पर खाने का सामान देखकर रोने लगे तो आर्मी वाले ने कहा कि हम आपके दुश्मन नहीं हैं, लेकिन हमें डर है कि कहीं फेरीवाले के भेष में दुश्मन न हो और आप को खाने में जहर न दे दें। इसलिए मना कर रहे हैं। लेकिन फिर भी, हम बाहर जाकर खुद उसकी जांच करके और देख कर ले आते हैं। आप लोग उसे नहीं खरीदेंगे। फिर वह बाहर गए और कुछ पैक सामान खाने के लिए लेकर आए, लेकिन जब उन्होंने उसे खोला तो सबसे पहले उसे जानवर के आगे डाला और संतुष्ट होने के बाद वो खाना हमें दे दिया। फिर हम लोगों को भी थोड़ी राहत महसूस हुई और बच्चे भी शांत हो गए।

ट्रेन करीब दो घंटे तक रुकी रही। मुझे नहीं पता कि जब ट्रेन सियालदाह स्टेशन से रवाना हुई थी, तब दोपहर के एक बज रहे थे या दो। मुझे याद नहीं कि हम सियालदाह से एक या दो दिन की यात्रा या चार दिन का, या फिर ट्रेन इधर-उधर घुम कर "गया" पहुंची। हमें बस इतना याद है कि सियालदाह से गया तक

का सफ़र बहुत लंबा था और हर जगह हमें इसी तरह की परेशानी का सामना करना पड़ रहा था। क्योंकि ट्रेन तभी आगे बढ़ती थी जब ट्रैक खाली होता था। शायद रेलवे वालों को भी कुछ निर्देश दिए गए होंगे। आर्मी की दयालुता के कारण हमें खाने-पीने में कोई परेशानी नहीं हुई। रात के करीब 12 बज रहे होंगे जब ट्रेन गया में प्रवेश की।

बिहार में ट्रेन जब दाखिल हुई तो ट्रेन में बैठे हर उस व्यक्ति का दिल धड़कने लगा जो बिहार से थे। एक समय तो अब्बू के मन में आया कि वो अपने पूरे परिवार को लेकर ट्रेन से कुद जाएं। क्योंकि गया में ट्रेन थोड़ी धीमी गति से चल रही थी। लेकिन अम्मी ने अब्बू को रोक दिया कि बच्चों के साथ भागना आसान नहीं है। ट्रेन अपनी गति से धीरे-धीरे आगे बढ़ रही थी, कभी-कभी आउटर पर रुक जाती और जब प्रस्थान का संकेत मिलता था, तो वह स्टेशन को छूती गुजर जाती। इस बीच "गया" से आगे, मुझे जगह याद नहीं है, ट्रेन बहुत धीमी गति से खेतों के पास से गुजर रही थी। अचानक गोलियों की आवाज आने लगी और सभी सैनिक एकाएक सतर्क हो गए। फिर हमारी ट्रेन रुक गई। हर डिब्बे से आर्मी का एक व्यक्ति उतरा, किसी को भी दरवाज़े तक जाने की इजाजत नहीं थी। कुछ देर बाद सेना के जवान वापस आ गए और ट्रेन चलने लगी। हमारी समझ में नहीं आ रहा था कि हुआ क्या है, काफी पुछने पर उसने बताया कि कुछ लड़के दूसरी बोगी से उतरकर भागने की कोशिश कर रहे थे। पहले तो उन्हें चेतावनी दी गई और रुकने को कहा गया, लेकिन जब वो नहीं माने तो उन पर कार्रवाई की गई। हमें ऐसा करना पड़ा, क्या पता जासूस थे, हम जोखिम नहीं उठा सकते थे।

ट्रेन अपनी गति से चलते हुए बिहार से निकली और मुगल सराय में रुकी। मुगल सराय में हमारी ट्रेन ठीक बीच वाली लाइन पर खड़ी की गई थी। और हमेशा की तरह हमें कुछ खरीदने या किसी से बात करने से मना कर दिया गया।

हम स्टेशन पर चुपचाप यह दृश्य देख रहे थे और अब्बू को अफसोस हो रहा था कि काश हम भी उसी आजादी के साथ घूम सकते इस जमीन पर जहां हमारा बचपन बिता था। सिमी आपा ने पत्ते पर सब्जी देखी तो पुछने लगी यह क्या चीज है। एक आर्मी वाले ने पूछा, खाना है क्या, आपा ने सिर हिलाया। उस आर्मी वाले ने आलू की सब्जी और छोटी-छोटी कचौड़ी हमारे भाई-बहनों के लिए खरीद कर दिया। प्रत्येक भोजन लेने से पहले वे उसे कुत्ते या बिल्ली के सामने रखकर जांचते थे। हमें वह बहुत स्वादिष्ट लगा और हमारी अम्मी, और आपा तो आज तक उसका स्वाद याद करती रहती हैं। मुगल सराय में भी लोगों को नली की पानी से नहाने की अनुमति मिल गई। थोड़ी देर में ट्रेन मुगल सराय से रवाना हो गई।

अब्बू ने आगे जा कर आर्मी वाले से पूछा, आखिर हम कहां जा रहे हैं? इतने दिनों से यात्रा कर रहे हैं। उन्होंने कोई जवाब नहीं दिया।

ट्रेन अज्ञात गंतव्य की ओर बढ़ी चली जा रही थी। बच्चों और आर्मी वालों के बीच काफी मित्रता हो गई थी और बच्चे कभी उनकी गोद में बैठ कर खेलते और कभी ट्रेन में इधर-उधर दौड़ते थे। समय बीतता जा रहा था। अंततः ट्रेन विभिन्न स्टेशनों और आउटर पर रुकते हुए अलीगढ़ पहुंची और अलीगढ़ में हमें पता चला कि हम लोगों को "मेरठ" ले जाया जा रहा है। अब्बू और बाकी सभी लोग सोच में पड़ गए कि हमें तो उन्होंने बताया था कि वे हमें पाकिस्तान भेज रहे हैं, तो फिर हमें "मेरठ" क्यों ले जा रहे हैं। किसी के सवालों का जवाब अब वो नहीं दे रहे थे, केवल इतना कह रहे थे कि हमें जो पता था हमने वो बता दिया। वह भी इसलिए बता दिया ताकि आप लोग परेशान नहीं हों। अलीगढ़ से मेरठ तक की यात्रा में एक दिन लगा या डेढ़ दिन हमें याद नहीं, क्योंकि हमारी ट्रेन बहुत रुक-रुक कर चलती थी, अक्सर सुनसान जगहों पर रोकी जाती थी। और जब सिग्नल मिलता तो आगे बढ़ती थी। जब हमारी ट्रेन

मेरठ के आर्मी छावनी के स्टेशन पर रुकी उस समय सूर्यास्त हो चुका था। शीत ऋतु का मौसम था। हमें याद नहीं कि पूर्वी पाकिस्तान (बांग्लादेश) से मेरठ तक की हमारी पूरी यात्रा में 15 दिन लगे थे या 20 दिन। बस याद था तो यह कि हम मौत के मुंह से बाहर तो आ गए हैं लेकिन ये मालूम नहीं है कि आगे कुआं है या खाई। क्योंकि हमारी आंखों के सामने स्टेशन पर बहुत सारे आर्मी वाले हथियारों के साथ खड़े थे और पूरा इलाका सेना के घेरे में था।

*****

युद्ध बंदी शिविर संख्या 51

जब मेरठ की सैन्य छावनी में लोगों ने सैनिकों की इतनी भीड़ और हथियारों को देखा तो वे डर गए और डर के मारे अपने-अपने डिब्बों की खिड़कियां बंद करने लगे। डर तो हम भी गए थे, लेकिन पता नहीं कि खुदा अब्बू को इतनी ताकत कैसे दे देता था। लोगों को उतरने के लिए कहा जा रहा था, लेकिन सभी को डर था कि कहीं वह हमें उतारकर मार तो नहीं देंगे। अब्बू हिम्मत करके दरवाजे तक गए, अम्मी उन्हें रोकने लगी लेकिन उन्होंने कहा कि खुदा मालिक है पता तो करने दो। वह हिम्मत जुटा कर दरवाजे तक गए। लगातार एलान हो रहा था कि सभी लोग ट्रेन से उतर जाएं, लेकिन कोई उतरने को तैयार नहीं था।

अब्बू ने दरवाजे पर जा कर सैनिकों की ओर हाथ जोड़ कर कहा, "प्रणाम" तो उन्होंने ने अब्बू से कहा कि डरो मत इधर आओ। वह डरते हुए नीचे उतरे और उनके पास गए, जहां ऑफिसर खड़े थे।

उन्होंने अब्बू से पूछा, क्या नाम है तुम्हारा?

अब्बू ने कहा शमीम अहमद।

तुम बांग्लादेश से आये हो और पाकिस्तान जाओगे, लेकिन भारत के किस क्षेत्र से हो।

अब्बू ने कहा बिहार से।

उन्होंने पूछा पूर्वी पाकिस्तान (बांग्लादेश) में क्या करते थे।

अब्बू ने बताया कि वह पाकिस्तान एयरलाइंस में थे। (P.I.A)

उन्होंने पूछा, सब डिब्बे में सिविलियन (Civilian) ही है ना।

अब्बू ने कहा कि जी मेरे डिब्बे में तो सभी वही हैं, बाकी डिब्बों का मुझे पता नहीं।

वह अब्बू से यह सवाल पूछ तो रहे थे, लेकिन उनके पास सबके नामों की सूची थी। शायद वह अब्बू का डर कम करने के लिए ये बातें कह रहे थे। फिर उन्होंने पूछा कि लोग ट्रेन से क्यों नहीं उतर रहे हैं।

अब्बू ने कहा कि साहब सब डरे हुए हैं।

ऑफिसर ने कहा कि ये माइक लो और सभी को उतरने के लिए कहो। हम कुछ नहीं कहेंगे किसी को।

अब्बू ने माइक लेकर सबसे पहले सईदुर्रहमान खान को पुकारा और कहा, सब लोग मेरी बात ध्यान से सुनो। हमें उनसे कोई खतरा नहीं है। मेरी तरफ देखो, मैं उनके साथ खड़ा हूं। ये हमारी सुरक्षा के लिए हैं और हमें यहां से जल्दी निकलना है। देखो, डरने की कोई बात नहीं है, हम सब सुरक्षित हैं, यहां उतर जाओ, यहां से हमें आगे जाना है।

सबसे पहले हमारे डिब्बे में बैठे लोगों ने उत्तरना शुरु किया। अब्बू वापस डिब्बे में गए और अपने परिवार को उतारने लगे। बाकी डिब्बों से भी लोग धीरे-धीरे उतरने लगे। जब सभी लोग उतर गए तो ऑफिसर ने कहा कि जिनके परिवार हैं वे अपने-अपने परिवार के साथ खड़े हो जाएं और जो लड़के-लड़कियां अकेले हैं वे एक तरफ खड़े हो जाएं। यह सुनकर लोग फिर से डर गए, उन्हें लगा कि कहीं ये हमें मार तो नहीं देंगे।

ऑफिसर ने कहा डरने की कोई ज़रूरत नहीं, यहां से सभी को ट्रक पर जाना है। हम सभी को इसी तरह ट्रक पर सवार करेंगे ताकि कोई किसी से अलग

नहीं हो। लेकिन लोगों को शक हो रहा था तो उन्होंने कहा कि अकेले लड़के-लड़कियां भी हमारे साथ जाएंगे।

ऑफिसर ने कहा हां, इसी तरह हम सभी को बांटकर ट्रक पर बैठाएंगे। बड़ी मुश्किल से लोग तैयार हुए और फिर सभी को ट्रक पर चढ़ाना शुरू किया। प्रत्येक ट्रक में कुछ परिवार और कुछ अकेले लड़के-लड़कियां थे वो सवार हुए।

जब सभी लोग ट्रकों पर सवार हो गए, तो ट्रक चल पड़ा। ट्रक अपनी गति से जा रहा था, हम बाहर कुछ देख नहीं पा रहे थे। ड्राइवर से हमें पता चला था कि हम लोग एक सैन्य शिविर जा रहे हैं। रात के अंधेरे में हमारा ट्रक जा कर एक सैन्य शिविर के पास रुका। बाद में हमें पता चला कि उस का नाम उस समय कैंप नंबर 51 रखा गया था। सभी लोग अब एक-एक करके ट्रक से उतरने लगे। जब सभी लोग नीचे उतर गए तो सैन्य अधिकारी ने कहा, महिलाएं और बच्चे एक तरफ हो जाएं और पुरुष दूसरी तरफ। लोग फिर से डर गए और कुछ लोग डर के मारे चिल्लाने लगे। ये लोग हमें मारने लाएं हैं। हम अलग-अलग नहीं होंगे। वहां एक ऑफिसर थे, मुझे याद नहीं। वह एक सिख थे। ये उनका आदेश था। लोगों के हंगामा करने पर उस रात सब को अलग-अलग बैरकों में उनके परिवार के साथ छोड़ दिया गया। और फिर खाना दिया गया, जिसमें मिक्स सब्जियां और रोटी शामिल थी। किसी के पास बर्तन था तो किसी के पास नहीं। इसलिए केले के पत्तों पर खाना परोसा गया।

उसके बाद एक सैनिक ने कहा, अभी हमारे पास बिस्तर नहीं है। आप लोग आज रात किसी तरह गुजार लें। कल हम कुछ व्यवस्था करेंगे। अब्बू ने पूछा कि हम लोग कब तक यहां रहेंगे। ऑफिसर ने जवाब दिया, आप लोग एक-दो दिन यहां रहेंगे, फिर चले जाएंगे। हम लोग अब कल सुबह बात करेंगे। अब आप लोग जाकर आराम करें और हमें भी आराम करने दें। रात में जिनके पास

चादर थी, उन्होंने उसे बिछा लिया, जिनके पास नहीं थी, वे जमीन पर ही लेट गए। हमने भी ईंट को तकिया बना लिया, हां लेकिन नाज़िया और रेहान की तकिया अभी तक साथ चल रही थी। नानी की वजह से तो बच्चे उस तकिया पर सो गए। नदीम को अब्बू ने बक्से पर लिटा दिया, चादर डाल कर और बाकी लोग ऐसे ही सो गए। इस चिंता में अब्बू को निंद कहां आ रही थी, बीवी-बच्चों की चिंता थी। ठंड भी उतनी ही थी कि ऐसा लग रहा था कि ठंड से मर जाएंगे। उसी तरह की घबराहट थी कि कल की सुबह क्या संदेश लेकर आती है। खुदा-खुदा करके रात अच्छी बीती।

सुबह जब आंख खुली तो अब्बू ने कमरे से बाहर निकल आस पास का जायजा लिया तो पता चला कि यह एक आर्मी कैंप था जहां सैनिक रहते होंगे। लाइन के साथ 6 से 7 बड़े-बड़े हॉल जैसे कमरे थे जिसे बैरक कहा जाता था और इस तरह के बैरक लाइन से शायद 10 थे। बीच में, हर दो बैरकों के बाद एक बड़ा मैदान था और पांच बैरकों के बाद एक बड़ी आर्मी किचन थी और सभी बैरकों के खत्म होने के बाद यानी सबसे पीछे की तरफ वॉशरूम और बाथरूम थे। वह भी काफी सारे लाइन से थे। चारों ओर तार की दीवार थी और उसी तरह तार के दूसरी ओर भी बैरक थी। हमारी तरफ और उस तरफ की बैरकों के बीच में दो कांटेदार तारों की लाइन से दीवार बनी हुई थी और उसके अंदर सेना के जवान हथियारों के साथ ड्यूटी पर तैनात थे। कोने पर भी टावर बने थे। जिस पर आर्मी वाले ड्यूटी दे रहे थे। सबसे आगे मुख्य दरवाजा था जहां कड़ी सुरक्षा होती थी। एक तरफ उसमें कैंटीन थी जो बंद थी। उसके बाद ऑफिसर के कार्यालय थे। चिकित्सा क्लिनिक जो बंद था। हर तरफ कंटीली तार की दीवार थी, और बैरक के पीछे का कार्यालय और भवन कंटीली तार की दीवार से घेर करके अलग-अलग हिस्सों में बांट दिया गया था। हमारे बैरक और बाथरूम के पीछे एक कांटेदार तार की दीवार थी, उसके बाद बहुत बड़ा

सा मैदान था और फिर कांटेदार तार था। उसके बाद, सड़क नजर आती थी दूर से।

सुबह जब हम सब जागे तो एक ऑफिसर आये और उन्होंने सभी पुरुषों, महिलाओं और बच्चों को मैदान में इकट्ठा होने के लिए कहा। उनके साथ "पंडितजी" हवलदार और तिवारीजी भी थे। पंडितजी का काम था गिनती करना, जिसे (Falling) कहते थे, और तिवारीजी का काम था जांच करना। दोनों एक साथ आये थे। पंडितजी थोड़े गरम मिजाज के थे। ऑफिसर के कहने पर पंडित जी ने सभी को मैदान में इकट्ठा करना शुरू कर दिया। इसके बाद पंडित जी ने गिनती शुरू की और फिर पंडित जी और तिवारी जी दोनों ने मिलकर सब की जांच की। युद्ध के मारे लोगों के पास कुछ था ही नहीं जो मिलता।

उसके बाद ऑफिसर ने सभी को बैठने के लिए कहा। तार के दोनों ओर युद्धबंदी थे जो हमारे साथ आये थे, सभी बैठ गए। ऑफिसर ने माइक हाथ में लेकर कहना शुरू किया, मैं आप लोगों से कुछ बात करना चाहता हूं ताकि आप लोगों में कोई गलतफहमी न रहे और बार-बार हमसे सवाल न पूछे। पहली बात आप लोगों को यहां दो महीने भी लग सकते हैं और दो साल भी। जब तक भारत और पाकिस्तान की सरकारों के बीच कोई समझौता न हो जाए। कृपया करके आप लोगों में से कोई भी भागने की कोशिश मत कीजिएगा। यहां के कुछ नियम हैं जो मैं आपको बताने जा रहा हूं, उन्हें तोड़ने की कोशिश मत कीजिएगा। यहां पर चारों तरफ जो सैनिक है, कुछ आप की भाषा समझते हैं, कुछ नहीं समझते हैं। उनसे उलझने की कोशिश मत कीजिएगा। न उन्हें छेड़ने की कोशिश कीजिएगा। इस चारदीवारी के भीतर आपको पूरी आज़ादी दी जाएगी। हम लोग आपको पूरा राशन देंगे, उसके अलावा छोटे बच्चों के लिए फल और दूध भी मिलेगा। आर्मी का जो भी राशन आएगा वो हम देंगे, उसे

बनाना आपका काम है। यहां पर इलाज के लिए डॉक्टर आदि उपलब्ध रहेंगे, जिसकी व्यवस्था कुछ ही दिनों में हो जाएगी। अगर किसी बड़े इलाज की जरूरत होगी तो सेना की निगरानी में मरीज को बड़े अस्पताल में ले जाया जाएगा। रोज सुबह आप लोगों की गिनती होगी, इसलिए सुबह 7 बजे अपनी-अपनी बैरक के सामने लाइन में लग जाना। पंडित जी और तिवारी जी आकर गिनती करेंगे। बाथरूम और नहाने के लिए पीछे जगह है। कोई आपस में लड़ाई-झगड़ा नहीं होना चाहिए। रेड-क्रॉस की ओर से प्रति बच्चा आधा किलो दूध मिलेगा और प्रति व्यक्ति एक-एक फल दिया जाएगा, जो एक-दो दिन में शुरू हो जाएगा, और उसके अलावा हर व्यक्ति को 30 रुपए का कूपन मिलेगा, जो आप को रेड क्रॉस की ओर से दिया जाएगा, ताकि यहां की कैंटीन से आप सामान खरीदने के लिए उसका उपयोग कर सकें। एक सप्ताह में कैंटीन काम करना शुरू कर देगी।

उसके बाद ऑफिसर ने कहा, अब सबसे महत्वपूर्ण बात, मेडिकल का समय सुबह 10 बजे से दोपहर 12 बजे तक है, फिर शाम 4 बजे से 6 बजे तक रहेगा। पुरुष और महिलाएं अलग-अलग बैरकों में रहेंगे। हर सुबह 10 बजे से 12 बजे तक पुरुष अपने परिवार से मिलने जाएंगे। यह सुनते ही लोग चिल्लाने लगे, कि हम अपने परिवारों से अलग नहीं रहेंगे, हमें भरोसा नहीं है। पुरुषों और महिलाओं को अलग-अलग करके महिलाओं के साथ दुर्व्यवहार हो सकता है। लोग उन ऑफिसर की बात मानने को तैयार नहीं थे, इसलिए अंत में उन ऑफिसर ने एक उपाय निकाला कि जो परिवार जिस बैरक में रहेगा, ठीक तार के दूसरी ओर वाली बैरक में उनके पुरुष रहेंगे और वह लोग प्रतिदिन सुबह 10 बजे से दोपहर 12 बजे तक एक दूसरे से मिलने आएंगे और दो घंटे एक साथ रहेंगे। इसको लोगों ने "मिलन पार्टी टाइम" का नाम दिया। उस बात पर सभी लोग सहमत हो गए और सभी अपने-अपने बैरक में चले गए। दूसरी तरफ जाने के लिए अपना जरूरी सामान इकट्ठा करने लगे और अपनी महिलाओं

को इस बात पर जोर दिया कि वे एक समूह में रहेंगी और कहीं भी अकेले नहीं जाएंगी, यहां तक कि बाथरूम भी किसी को साथ ले कर जाना है। क्योंकि किसी को भी किसी पर भरोसा नहीं हो रहा था और फिर हम युद्ध बंदी थे, इसलिए हम डरे हुए थे। हम तो युद्ध बंदी की वो जिंदगी अभी शुरू ही कर रहे थे, इस उम्मीद पर कि एक दिन हम अपने वतन लौटेंगे, लेकिन किस्मत और हालात पर यकीन करना मुश्किल हो रहा था।

जैसा कि मैंने बताया, एक बैरक में चार से पांच बड़े हॉल थे और प्रत्येक हॉल में 8 से 10 परिवार थे। थोड़ी देर बाद कुछ आर्मी वाले आये और बूढ़ों और छोटे बच्चों की गिनती करके चले गये। फिर ऐसा हुआ कि चारपाई आई और बुजुर्गों और बच्चों को चारपाई दी गईं, और बाकी लोगों को जमीन पर सोने के लिए गद्दे दे दिए गए।

इस कैंप की एक खास बात यह थी कि इसमें डॉक्टर, इंजीनियर, वकील, दर्जी, मजदूर, बढ़ई और शिक्षक सभी शामिल थे। इसलिए, लोगों को उनके ग्रेड के अनुसार रखा गया था। हर बैरक में एक पढ़ी-लिखी महिला को प्रभारी बनाया गया, जो अपने पूरे बैरक को देखती थी। हमारे बैरक में अब्बू की मौसी को प्रभारी बनाया गया क्योंकि वह सबसे ज्यादा पढ़ी-लिखी थी। अब्बू को पुरुषों के बैरक का प्रभारी बनाया गया। आज का तीनों समय का खाना भी आर्मी वालों ने ही उपलब्ध कराया। अगले दिन फिर वह ऑफिसर आये और सभी को प्रति परिवार 30 रुपये के कूपन दिये। अब्बू, अम्मी, नानी और बच्चों सहित हम 8 लोग थे, इसलिए हमें कैंटीन से सामान खरीदने के लिए 240 रुपये का कूपन मिला। उसके अलावा बच्चों के लिए जरूरी सामान खरीदने के लिए हमें 60 रुपये के कूपन और भी मिले। ये कूपन उन सभी लोगों को दिए गए जिनके पास छोटे बच्चे थे। लेकिन ये अतिरिक्त 60 रुपये केवल उस एक महीना ही मिला। ऑफिसर ने बताया कि दो दिन में कैंटिन काम करना शुरू कर देगी,

जिसमें टूथपेस्ट, ब्रश, बिस्कुट, कस्टर्ड आदि सामान आसानी से वहां उपलब्ध हो जाएगा।

ऑफिसर ने पाकिस्तानी आर्मी किचन के लोगों को और अब्बू को लेकर एक समूह बनाया जो रसोईघर की देखभाल करेगा और सभी का खाना पकाएगा, और यह किचन ग्रुप हर तीन महीने में बदल जाएगा और उसकी जगह दूसरा ग्रुप लेगा। आर्मी वालों ने पूरा राशन और सभी आवश्यक वस्तुएं रसोईघर में पहुंचा दी थीं। कैंटीन में बर्तन और प्लेटें भी थीं जिन्हें खरीदना था वो वहां से खरीद सकते थे। किचन के उस ग्रुप का नाम "लंगर पार्टी" रखा गया, यह एकमात्र ऐसा दल था जो महिलाओं वाले हिस्से में आकर तीनों समय खाना बना सकता था, और जब उनके बड़े-बड़े चूल्हे खाली हो जाते थे, तो महिलाएं उसका उपयोग अपने लिए कुछ विशेष बनाने के लिए कर सकती थीं।

एक महीना ऐसे ही बीत गया, फिर लोगों को एहसास हुआ कि बहुत सी चीजों की जरूरत है और सभी जरूरत की चीजें यहां उपलब्ध नहीं हैं। जैसे साफ-सफाई का प्रबंध नहीं हो पा रहा है, आर्मी के डॉक्टर हर समय उपलब्ध नहीं होते, और यह भी एहसास हुआ कि पता नहीं हमें कब तक यहां रहना पड़ेगा, ये बच्चे बर्बाद हो जाएंगे। तो लोगों ने शिविर प्रभारी से बात करने का निर्णय लिया, और उन्होंने प्रभारी को एक पत्र लिखा जिसमें कहा गया कि हमें जीवन की आवश्यकताओं के लिए कुछ महत्वपूर्ण बातें करनी है। जेल प्रभारी ने उस ऑफिसर की मौजूदगी में सभी लोगों की मुलाकात रेड क्रॉस के लोगों से कराई। हम लोगों ने मांग कि की साफ-सफाई की व्यवस्था की जाए और बच्चों के पढ़ने-लिखने की व्यवस्था की जाए। अन्य आवश्यकताओं की पूर्ति की जाए, जैसे सिलाई, ट्यूशन, बच्चों के खेल-कुद इत्यादि, तथा अन्य मनोरंजन की व्यवस्था की जाए। हमारी मांग पत्र लेकर रेड क्रॉस वाले चले गए। कुछ दिनों बाद रेड क्रॉस के लोग वापस आये और निर्णय यह लिया गया कि हममें से ही

कुछ लोगों को यहां के काम सौंपे जाएंगे। ऑफिसर ने यह जिम्मेदारी कैंप के लोगों पर छोड़ दी कि आप लोग खुद अपने बीच से लोगों को चुनकर हमें बता दें, और जहां भी जरूरत होगी, उनको उस हिसाब से काम बांट दिया जाएगा। आप लोग एक सूची बना लीजिएगा और हमें बता दीजिएगा कि कौन पुरुष और महिला, लड़के और लड़कियां क्या काम कर सकते हैं। उनके नाम और काम की सूची बना कर दे दीजिएगा। उनके जाने के बाद अब्बू और दूसरे लोगों ने एक बैठक की और एक दूसरे से पूछा कि कौन क्या करता है। पूछने पर पता चला कि हमारे बीच डॉक्टर, इंजीनियर, इलेक्ट्रीशियन, प्लंबर, बढ़ई, दर्जी, नाई और सेना के रसोई घर के लोग भी हैं। उन्होंने एक सूची बना कर ऑफिसर को भिजवा दिया। उस सूची में उन्होंने उन लड़के-लड़कियों के नाम भी लिखे जो शिक्षित थे और उन युवाओं के नाम भी दिए जो खेलकूद में अच्छे थे। जैसे फुटबॉल, क्रिकेट, बैडमिंटन और कैरम बोर्ड इत्यादि।

15 दिन बाद जब ऑफिसर कैंप के दौर पर आए तो उन्होंने कैंप वालों की एक बैठक बुलाई। हर बार की तरह, लोगों का पहला सवाल यही था कि हम वापस कब जाएंगे। हमेशा की तरह उनका जवाब ये था कि जल्द ही कोई अच्छी खबर मिलेगी। उसके बाद मीटिंग में ये निर्णय लिया गया कि जो सूची दी गई है, युद्धबंदियों को उनकी जरूरत के आधार पर काम सौंप दिया जाए और जो उनके जरूरत के सामान है बता दें। उन सभी निर्णयों में अभी बच्चों के लिए कोई प्रावधान नहीं हुआ था और न ही उन शिक्षित बच्चों के लिए कोई प्रावधान किया गया था। मीटिंग ये कहते हुए खत्म कर दी गई कि बाकी बातें अगली बैठक में होगी।

बैठक समाप्त होने के एक या दो दिन बाद कार्यान्वयन शुरू हो गया। जैसा कि वादा किया गया था, जिस-जिस को जो चीज मिलनी थी और जो काम जिस

को करना था वह सामान और जिम्मेदारी सौंप दी गई और सब लोग अपने काम पर लग गए।

डॉक्टर साहब को क्लिनिक की जिम्मेदारी दी गई और उन्हें एक सहायक और एक कम्पाउंडर दिया गया जो कैदियों में से एक था। कैंप में क्लिनिक खोलने का उद्देश्य यह सुनिश्चित करना था कि कैदियों का छोटा-मोटा इलाज शिविर के अंदर ही हो जाए और बाहर से डॉक्टर न बुलाना पड़े। आपातकालीन उपचार के लिए आर्मी अस्पताल ले जाया जाएगा। नाई को एक पेड़ के नीचे कुर्सी, मेज और आवश्यकतानुसार उपकरण उपलब्ध कराए गए। दर्जियों और सिलाई में रुचि रखने वाली उन महिलाओं को सिलाई मशीनें और सिलाई का सामान उपलब्ध कराया गया। महिलाओं को महिला शिविर में सिलाई का काम दिया गया था, और दर्जी पुरुषों के शिविर में बैठ गया। वो लोग ने अपने-अपने कमरों में अपनी जगह पर काम करने लगे। जो लोग अशिक्षित थे और कोई काम करना नहीं जानते थे, उन्हें सफाई की जिम्मेदारी दी गई। प्रत्येक बैरक में एक शिक्षित, बुजुर्ग महिला को प्रभारी बनाया गया, और उन प्रभारी की मुखिया अब्बू की मौसी थी। उसी प्रकार, पुरुषों के बैरकों में भी प्रत्येक बैरक में एक शिक्षित व्यक्ति को प्रभारी बनाया गया। अब्बू को उनके बैरक का न केवल प्रभारी बनाया गया, बल्कि उनका हेड भी बनाया गया।

जैसे-जैसे जीवन के दिन बीतते गए, ऐसा लगता था कि मानो अब यह जेल ही हमारा घर, गांव, देश या शहर बन गया हो, जैसे रिहाई की अब कोई उम्मीद नहीं बची है। बाहरी की दुनिया से जैसे कट कर रह गए थे। मिलन पार्टी हर दिन दोपहर 12 बजे आती थी, अपनी पत्नियों और बच्चों के साथ समय बिताते, पलंग पर आकर बैठ जाते और अपने बच्चों के साथ खेलते। अफसोस होता था उन लड़कों और लड़कियों पर जिनके मां-बाप या तो पीछे रह गए थे या मारे गए थे। वह बेचारे चुपचाप बैठ कर सब को देखते रहते थे। खाना बनाने

वाले अपने समय पर आते और सेना के बड़े-बड़े लंगर में खाना बनाते थे, क्योंकि लंगर महिलाओं के साइड वाले शिविर में था। लड़के खाना बनाने के बाद बड़ी-बड़ी बाल्टियों में रोटी या चावल और दाल लेकर आते, प्रत्येक बैरक में परिवार के अनुसार दाल, चावल, सब्जी, रोटी, आलू या अंडे, जो भी उपलब्ध होता, गिन कर दे जाते थे।

जरूरत और परेशानी ऐसी चीजें हैं जो व्यक्ति को उसका चरित्र दिखा देती है, साथ ही रिश्तेदारों की रिश्तेदारी और वफादारी को भी प्रकट कर देती है। ऐसा ही एक वाकया हमारे साथ भी हुआ जब ऑफिसर ने हर बैरक के लिए पंखे दिए, तो हम बच्चे जिस कमरे में रहते थे उस के लिए भी चार पंखे दिए गये, उन पंखों को जिस ओर बच्चे या बुजुर्ग थे उधर लगना था। हमारी इंचार्ज ने एक पंखा अपने सिर पर, एक उनके प्रिय डॉक्टर साहब के परिवार के सिर पर और बाकी अपने प्रशंसकों के सिर पर लगवा दिया। जब ऑफिसर सर्वे करने आए तो फिर उन्होंने प्रभारी महिला से कहा, मैडम, पंखा बच्चों और बुजुर्गों के सिर पर लगेगा। या तो आप जगह बदलें या पंखा उन लोगो के सिरों पर लगाएं।

इस तरह, कुछ महिलाओं की समस्या यह थी कि वे इस बात पर झगड़ा करती थी कि बच्चों की मां को भोजन या आलू ज्यादा क्यों दिया जाता है। ये अक्सर मेरी अम्मी के साथ भी होता था। क्योंकि अब्बू किचन के प्रभारी थे और रसोई में मौजूद पठान हम बच्चों नदीम, रेहान और नाज़िया को बहुत प्यार करते थे, इसलिए वो कभी-कभी हम भाइयों और बहनों की प्लेटों में अतिरिक्त आलू या अंडे डाल देते थे। मेरे भाई-बहन क्योंकि सबसे छोटे थे, तो दूध भी हमें अधिक मिलता था। अगर दूध बच जाता तो मेरी अम्मी उसका खीर बना लेती थी और फिर उनको सुनने को अच्छा मिलता था। मजा तो तब आता जब ये पढ़ी-लिखी महिलाएं, अज्ञानी महिलाओं के साथ मिलकर अम्मी को ताना

मारना शुरू कर देती थी और कहतीं कि जब पति रसोई में होता है, तो पत्नी मौज-मस्ती करती है। मेरी अम्मी अक्सर हंस कर टाल देती थी, लेकिन कभी-कभी उदास भी हो जाती थी। ऐसा लगता था कि उन महिलाओं ने इस जेल को ही अपना जीवन बना लिया हो, और बाहरी दुनिया को भूल गई हो और रिहाई की उम्मीद छोड़ दी हो। जहां कैंप में इस तरह की जिंदगी थी वही एक अच्छी बात यह थी कि सभी लोग एक-दूसरे के दुख में साथ खड़े होते थे। इस जेल में कैदी पंजाब, बिहार और यूपी सब जगह के लोग थे, लेकिन यहां सब एक कौम की तरह रहते थे और उस कौम को "युद्ध बंदी" कहते थे। सभी के दुख एक जैसे थे और सभी को अपने प्रियजनों के पास अपने वतन जाना था।

कैंप की कैंटीन ने भी अच्छी तरह से काम करना शुरु कर दिया था। महिलाएं कैंटीन स्टाफ से भोजन और अन्य वस्तुएं ऑर्डर कर के मंगवाती थी और जब आ जाता तो वो उन महिलाओं को बुला कर दे देते थे, कूपन के बदले में। कैंटीन में बड़ी संख्या में बर्तन भी आ गए थे। सभी ने अपने-अपने बर्तन खरीद लिए थे और अब लोग अपने-अपने बर्तनों में खाना खाने लगे थे। हर दो बैरकों के बीच ग्राउंड में एक नल लगा हुआ था, जहां से महिलाएं बर्तन धोती और पीने का पानी ले सकती थी। शुरु-शुरु में तो लाइन लगा कर पानी लेती थी और आपस में झगड़ती थी, लेकिन समय के साथ-साथ उन्हें एहसास हुआ कि न तो नल कहीं जा रहा है और न ही पानी बंद होगा जिसको जिस समय जितना पानी चाहिए मिल जाएगा।

हालांकि, बाथरूम को लोग पहले कब्जा कर लेते थे, नल पर अपने कपड़े बांध कर के ताकि कोई और नहाने न चला जाए। महिलाओं वाले हिस्से में यह समस्या अधिक था, यानी मानवीय स्वभाव, लालच और स्वार्थ कभी-कभी स्पष्ट तौर से देखने को मिल जाती थी। इस तरह तीन महीने और बीत गये।

एक दिन ऑफिसर कुछ रेड क्रॉस के लोगों के साथ आये और उन्होंने हमसे पूछा कि आप लोगों की क्या जरूरतें है और क्या-क्या चीज चाहिए। हालांकि वह खुद भी बहुत सारी चीजें महिलाओं, बच्चों और हमारे लिए लाते थे, फिर भी उन्होंने ये सवाल कैदियों से किया। इस पर अब्बू ने फिर से वही सवाल पूछा, कि हम पहले तो यह जानना चाहते हैं कि हम लोग कब तक यहां रहेंगे।

ऑफिसर ने कहा कि हमें अभी भी कुछ पता नहीं है। जैसे ही कोई विस्तृत जानकारी मिलेगी तो आप लोगो को अवश्य सूचित किया जाएगा। लेकिन जब तक आप लोग यहां हैं, आपकी देखभाल करना हमारी जिम्मेदारी है। इसलिए आप लोग हमें बता सकते हैं कि आपकी अन्य क्या ज़रूरतें हैं हम लोग उन्हें पूरा करने का प्रयास करेंगे।

अब्बू ने कहा कि हम लोग यहां बाहरी दुनिया से कट कर रह गए हैं। अगर हमें रेडियो पर समाचार सुनने की इजाजत मिल जाए तो हमें लगेगा कि हम भी इस दुनिया का हिस्सा हैं। हमने पहले भी कहा था कि बच्चों के लिए पढ़ाई की व्यवस्था की जाए, छोटे बच्चों के लिए खेलने कूदने के उपकरण उपलब्ध कराए जाए, और युवा लड़के-लड़कियां शिक्षित हैं और जिनके परिवार नहीं है, उनके लिए भी कोई काम हो ताकि वह भी जीवन का हिस्सा बनें।

रेड क्रॉस के लोगों ने हमारी सभी बातों को नोट किया और तय यह पाया कि रेड क्रॉस की टीम अगले सप्ताह आएगी सभी समस्याओं के समाधान के साथ।

अगली सुबह लोगों को एक बहुत बड़ा सरप्राइज मिला। शिविर में एक बहुत बड़ा सा माइक लगा हुआ था जिसके माध्यम से हमें प्रतिदिन गिनती के लिए बुलाया जाता था। अचानक, सुबह की गिनती के बाद, जब सभी लोग अपने काम में व्यस्त हो गए, तो माइक से "बीनाका गीत माला" बजना शुरु हो गया, और उस समय के सुंदर गीत बजने लगे। शिविर में एक अजीब सी आवाज गूंज उठी और बच्चे और लड़के-लड़कियां खुशी से नाचने लगे। मानो जीवन

में वसंत ऋतु आ गई हो। सच भी थी कि डर-डर कर जीने वालों की जीने की आशा मिलने लगी थी। फिर उसके बाद खबरें प्रसारित होने लगी और लोगों को पता चला कि बाहरी दुनिया में क्या हो रहा है। फिर यह रोजाना की दिनचर्या बन गई कि सुबह दो घंटे और शाम को एक घंटे गीत और समाचार प्रसारित किए जाएंगे। उस जेल के माहौल में जीवन सामान्य होने लगा। वे कहते हैं कि संगीत आत्मा के लिए भोजन है और कुछ समय के लिए आपकी चिंताओं को कम कर देती है। उसी तरह, हमारे दुख संगीत में कहीं खो जाते थे और "समाचार" हमें दुनिया से जोड़ कर रखी हुई थी।

फिर, एक सप्ताह बाद रेड क्रॉस वाले आए हमारी कई सारी समस्याओं का समाधान लेकर, और समस्या बच्चों और युवाओं से संबंधित था। निर्णय लिया गया कि शिविर में शिक्षा प्राप्त युवा लड़के-लड़कियां यहां बच्चों को पढ़ाएंगे। रेड क्रॉस वालों ने तिरपाल और ब्लैक बोर्ड उपलब्ध कराए और ढेर सारी कॉपियां, पेंसिलें और अन्य वस्तुएं उपलब्ध कराई। शिक्षित लड़कियों को उनकी शिक्षा के अनुसार अलग-अलग स्तर पर काम दिया गया तथा सभी आयु वर्ग के बच्चों के समूह बनाए गए और समूह के अनुसार शिक्षक बनाए गए। लड़कों की तरफ के स्कूल के शिक्षक लड़के और छोटे बच्चों और लड़कियों की तरफ के शिक्षक लड़कियां थीं। लड़कों को "सेना" ने कैदियों का लेखा-जोखा और अन्य कार्यालय कार्यों के कामों में लगा दिया। इस तरह बच्चों का स्कूल भी खुल गया और बेकार बैठे लड़के-लड़कियों को काम पर लगा दिया गया। रेड क्रॉस वालों ने खेल का सामान भी उपलब्ध कराया था जिस में फुटबॉल, बास्केटबॉल और क्रिकेट इत्यादि शामिल थे। इसके अलावा, कैरम बोर्ड और लूडो भी उपलब्ध कराए गए, जो लड़के और लड़कियां खेल में अच्छे थे उनको खेल के शिक्षक के रूप में नियुक्त किया गया। इस प्रकार, स्कूल सुबह 9 बजे से दोपहर 12 बजे तक संचालित होने लगा और शाम को बच्चों को विभिन्न खेलों में लगा दिया गया। जिंदगी जैसे

इन कांटेदार तारों के भीतर जी उठी हो। लोगों ने इस बात से समझौता कर लिया था कि जो होगा देखा जाएगा खुदा मालिक है।

महिलाएं अपनी दुनिया में मग्न हो गई थी, कोई अचार बना रही होती, कोई सिलाई-बुनाई में लग गई, कोई लड़कियों को हस्तकला सिखा रही थी तो कोई खाना बनाना सिखा रही थी। अम्मी भी कुछ समय लड़कियों को बुनाई सिखाती थी। दूसरे शब्दों में, जेल पूरी तरह से एक मोहल्ले में तब्दील हो गया था। रात और दोपहर में, जब लंगर का चूल्हा थोड़ा धीमा कर दिया जाता था, तो महिलाएं उस पर जाकर या तो रोटी को ज्यादा सेंक लेती और अधिक कड़ा बना लेती थीं, और जिनके पास दूध बच जाता था, वह कस्टर्ड या खीर बना लेती थीं। पंडित जी और तिवारी जी, जो तारों के बीच अक्सर शाम को पहरेदारी करते थे, वह महिलाओं के कहने पर उनका पका हुआ खाना, हलवा और खीर लेकर तारों के दूसरी तरफ खड़े उनके पतियों, बेटों या भाइयों को दे देते थे, झूठे गुस्से के साथ कि हमारा काम पहरा देना है, तुम्हारा खाना इधर से उधर करना नहीं। पंडितजी कभी-कभी तार से झांकते हुए महिलाओं से कहते, ऐसे तो हम किसी और के हाथ का खाते नहीं है, लेकिन तुम्हारी यह सब्जी का अचार देख कर कभी-कभी अपने घर का खाना याद आ जाता है और फिर कहते थोड़ा आचार मिलेगा क्या? एक अजीब सी दुनिया थी, एक कैदी और एक पहरेदार, लेकिन दर्द सभी का साझा था।

कुछ दिनों बाद फिर हमें ऑफिसर से खबर मिली कि फिल्म जगत से हमारे लिए एक तोहफा आया है, यानि फिल्म 'पाकीजा' दिखाई जाएगी। युद्धबंदियों के लिए भेजी गई है, जो हफ्ते की रात दिखाई जाएगी। उसके अलावा भी फिल्में आएगी, लेकिन उसका 25 पैसा लगेगा यानी 25 पैसा का कूपन देना होगा। लोगों की खुशी का तो ठिकाना नहीं था, चलो हर महीने एक फिल्म तो

देखने को मिलेगी। कुछ तो मनोरंजन का सामान हुआ। लोग शनिवार का इंतजार करने लगे।

शनिवार को महिलाओं ने अपना सारा काम जल्दी-जल्दी निपटा लिया। सूर्यास्त के बाद फिल्म जो देखनी थी। बच्चे और बड़े सब लोग अपना काम खत्म करने में लग गए। और अंततः शिविर के पीछे जो बड़ा मैदान था जिसमें चारों ओर से कटीले तार थे और हमारी तरफ से और सड़क की ओर से भी बंद रहता था, उसमें फिल्म दिखाने की व्यवस्था की गई। दो बांस के खंभों पर बड़े सफेद पर्दे बांधे गए, एक प्रोजेक्टर लगाया गया, उसमें रील लगाई गई और फिर कैदियों को वहां जाने की अनुमति मिली। सभी लोग अपने-अपने परिवारों के साथ ज़मीन पर चादर बिछाकर बैठ गए। जैसे ही पर्दे पर फिल्म शुरू हुई, लोग तालियां बजाने लगे। सड़क से गुज़रने वाले लोग अंदर देखने लगे। उन्हें समझ में नहीं आ रहा था कि यहां कौन लोग हैं और यहां क्या हो रहा है, क्योंकि मैदान के उस हिस्से में हम लोग कभी नहीं आते थे। और उस दिन तो चारों ओर आर्मी वाले सतर्क थे और पूरी ड्यूटी पर थे। और हम लोग उन सारी बातों से बेपरवाह होकर "पाकीजा" फ़िल्म देखने में मग्न थे। कुछ लोग गानों पर नाचने लगते थे, तो उन्हें डांटकर बैठा दिया जाता था, ताकि पीछे बैठे लोग देख सकें। अंततः फिल्म ख़त्म हुई और सभी लोग अपने-अपने बैरकों में लौट गये।

सुबह जब वह लोग प्रोजेक्टर आदि ले जा रहे थे तो उन्होंने बच्चों से कहा कि फिल्म के कुछ निगेटिव गिरे हैं लेना हो तो ले लो, फिल्म के टूटे हुए टुकड़ों को उठाने के क्रम में मैं और नदीम तार के किनारे चलने लगे। बाहर सड़क पर जाते एक व्यक्ति ने पूछा यह आर्मी कैंप में तुम लोग क्या कर रहे हो। मैंने कहा कि हम लोग "कैदी" हैं, लेकिन इससे पहले कि मैं कुछ और कह पाती, आर्मी वाले आ गए और बच्चों को तुरंत वहां से हटाना शुरू कर दिया और उन लोगों

से भी कहा कि इस क्षेत्र से दूर रहें। सुबह जब ऑफिसर राउंड पर आए तो उन्होंने पूछा कि कैसा लगा। सभी लोगों ने कहा कि बहुत मजा आया। फिर ऑफिसर ने कहा कि अगली बार से फिल्म एक दिन महिलाओं के कैंप में और दूसरे दिन पुरुषों के कैंप में दिखाई जाएगी। यह आप लोगों की सुरक्षा के लिए किया जा रहा है। पीछे वाले ग्राउंड में अब कोई नहीं जाएगा।

उसके बाद अब्बू ने ऑफिसर से कहा कि पवित्र महीना रमजान आने वाला है, इसलिए हमारे लिए आज़ान का प्रबंध करा दीजिए और सेहरी और इफ्तार का भी प्रबंध कर दीजिए। उन्होंने अब्बू से कहा आप किचन के प्रभारी हो, आप लोग आपस में बात करके बता दो उसके अनुसार व्यवस्था हो जाएगी। मेरठ की आज़ान का समय बता दिया जाएगा और प्रत्येक आज़ान के समय सायरन बज जाएगा। लोगों ने जमात के साथ नमाज पढ़ने की अनुमति मांगी तो वो भी मिल गई, लेकिन कहा गया कि अपने-अपने बैरकों में जमात बना कर नमाज अदा कर लें और केवल नमाज होगी और कोई अनावश्यक बातचीत नहीं होगी। लोग रमज़ान की तैयारी में लग गए।

इस बीच अब्बू को अपने एक मित्र का पत्र मिला। जो अब्बू के साथ (P.I.A) में काम करते थे, उनका नाम बशीर हारिस था, जिन्होंने श्री एच.आर. नागी चीफ इंजीनियर P.I.A के माध्यम से पत्र भेजा था, ताकि पता चल सके कि हम कहां हैं, जीवित हैं या नहीं। यह पत्र कराची से आया था। P.I.A पाकिस्तान का एक अर्ध-सरकारी संगठन है और अपने कर्मचारियों के बारे में उस समय पता कर रही थी कि कौन-कौन जंग में बच गए हैं और कहां हैं। ताकि उनके आने पर उन्हें बहाल किया जा सके। अब्बू को यह पत्र बहुत छानबीन के बाद दिया गया और अब्बू को ये अनुमति मिली कि वो उस पत्र का जवाब दे सकते हैं। लेकिन केवल एक शुभकामना संदेश लिख कर भेजना था। सुरक्षा की दृष्टि से

पत्रों की भी जांच होती थी। पत्र लिखने की अनुमति केवल इसलिए दी गई थी ताकि लोग अपने परिवारों को यह संदेश भेज सकें कि वे जीवित हैं।

इस बीच हमारे दादा डॉ0 शमसुज्मां खान भी हमारी तलाश में हर जगह पता करवा रहे थे। चूंकि हमारे चाचा नसीम खान उस समय एक राजनीतिक कार्यकर्ता थे, तो उनकी पहचान अच्छी थी और पटना से मेरी अम्मी के चाचा डॉ0 इदरीस खान (इस्माइल मंज़िल, जो हमारे नाना भी हुए) भी जानकारी जुटाने में लगे थे कि सभी कहां हैं और किस हालत में हैं। क्योंकि हमारे कुछ रिश्तेदार किसी तरह बचकर पाकिस्तान चले गए थे, लेकिन हमारे परिवार या रिश्तेदारों को हमारे बारे में कोई खबर नहीं मिल पा रही थी। मेरे दादा ने मास्टर साहब (लखन सिंह) को जब यह बात बताई तो उन्होंने अपने बेटे से पूछा जो सेना में थे और जिन्होंने ढाका कैंप में अब्बू को दादा का खत ला कर दिया था। उन्होंने बताया कि ढाका कैंप से तो लोगों को "युद्ध बंदी" के रूप में ले जाया गया है। मैं पता करता हूं वह लोग कहां हैं, और फिर लखन सिंह के बेटे ने मेरे चाचा नसीम खान को बताया कि वे लोग जीवित हैं क्योंकि मेरठ कैंप में कुछ सिविलियन (Civilian) भी कैद हैं। जब उन्हें पता चला तो मेरे दादा डॉ0 शमसुज्मां खान बरनावां से पटना आए और उन्होंने चाचा नसीम खान के माध्यम से 6000 रुपये और कुछ खाद्य सामग्री भिजवाए, और चाचा डॉ. इदरीस खान (इस्माइल मंजिल) ने हम बच्चों और मेरे अब्बू-अम्मी के लिए कपड़े और अन्य सामान भेजे। मेरे चाचा नसीम खान विशेष अनुमति लेकर आए थे। उनको मिलने की अनुमति तो नहीं मिली, लेकिन दूर से अब्बू और चाचा दोनों ने एक दूसरे को देखा कांटेदार तारों के बीच और चाचा से आर्मी वालों ने वादा किया कि सामान दे दिया जाएगा। उनसे इंतजार करने को कहा गया। अब्बू को कार्यालय में बुलाया गया। उपहार दिया गया, पैसे गिने गए, और उनसे कहा गया आप अब कागज पर वसूली और अपना हाल-चाल लिख दें। अब्बू ने कागज पर सब की खैरियत लिख दी। फिर सारा सामान चेक

करने के बाद उन्होंने अब्बू को पैसे की जगह 6,000 के कूपन दिए, जो हर महीने 500 के अतिरिक्त कूपन के रूप में मिलने थे।

कुछ दिनों बाद रमजान शुरू हो गया, इसलिए खाने-पीने का समय बदल गया। जिनके छोटे बच्चे थे, वह सहरी के समय उनके लिए कुछ बना कर रख देती थी। कैदियों को किचन से सेहरी में दो पूड़ी और चाय मिलती थी, रोजा रखने के लिए। कुछ लोग जिन के पास कूपन थे, कैंटिन से भी खाने-पीने का सूखा सामान खरीद कर रखते थे। जैसे फल, बिस्कुट आदि और इफ्तार के लिए चने की दाल और रोटी मिलती थी। अगर दूसरी महिलाओं ने खुद अगर कुछ बनाया होता था तो वह अपने मर्दों को तार से उस पार तिवारी जी या जो भी ड्यूटी पर होता उसके माध्यम से भेज देती थी। तिवारी जी या कोई सेना का जवान तारों के बीच ड्यूटी पर रहता था, वह अक्सर खाने-पीने की चीजों को इधर से उधर देने में मदद करते थे। रोजा के बाद, अपने-अपने बैरकों के बरामदों में जमात के साथ नमाज होती थी।

इसी तरह रमजान अपनी गति से गुजर रहा था। न ये चिंता कि ईद के कपड़े बनाने है, न ईदी देने की फिक्र, रमज़ान के दिनों में सिर्फ़ लाउडस्पीकर से खबर आती थी रोज अजान या सेहरी और इफ्तारी के सायरन सुनने को मिलता था। अजान कैदियों में से ही एक बच्चा देता था। रमजान शांतिपूर्वक बीत रहा था, बस थोड़ा भारी लगता था तो सेहरी के बाद सुबह सवेरे 7 बजे "फालिंग" के लिए लाइन लगाना लेकिन मजबूरी यह थी कि गिनती भी जरूरी थी। अक्सर, निकटवर्ती शिविरों से समाचार आते थे कि फलां कैंप के कैदी भागते हुए पकड़े गए। हमारे कैंप के बराबर में भी एक कैंप था लेकिन हमारे और उनके कैंप के बीच कटीले तारों की चार-पांच लाइनें थीं। वह दिखाई तो देते थे, लेकिन दूरी इतनी थी कि उनसे बात करना मुश्किल था। अब पता नहीं कि उस शिविर में नागरिक थे या सेना के जवान, लेकिन अक्सर उस कैंप में कभी-कभी हंगामे

की आवाज आ जाती थी। लेकिन कुछ दिनों के बाद उस कैंप के लोग भी सामान्य हो गए और उनकी तरफ भी जीवन वैसा ही बीत रहा था जैसा की हमारा बीत रहा था।

रमज़ान खत्म होने वाला था और ईद आने वाली थी। लोग सोच में थे कि ईद कैसे मनाएं। ना अपने रिश्तेदार थे, न अपना घर था लेकिन फिर भी लोगों ने ऑफिसर को चिट्ठी लिखी कि हमें ईद पर कुछ करने दिया जाए या फिल्म ही दिखाई जाए। जवाब का हम लोग इंतजार कर रहे थे, लेकिन कोई जवाब नहीं आ रहा था। फिर अचानक चांद वाली रात को पता चला कि ईद के दिन कव्वाल आ रहे हैं। जैसे ही चांद दिखाई दिया लोग बर्तन उलट कर के जोर-जोर से बजाने और शोर मचाने लगे। यह एक तरह से खुशी जाहिर करने का तरीका था। लेकिन ईद के दिन कैदियों को एक और खुशी मिली कि जब मेरठ के बड़े लोगों को पता चला कि यहां जंगी कैदी हैं और उनमें आम आदमी का परिवार है और यह उनकी पहली ईद है, तो उन्होंने कैदियों के लिए विशेष अनुमति लेकर बिरयानी और खीर के देगें भेज दी। खाना हम लोगों तक आने से पहले सुरक्षा कारणों से कई तरह से जांचा गया। उसके बाद हमें वह देगें मिली बांटने के लिए। बिरयानी और खीर देखकर तो मानो ईद की खुशी दोगुनी हो गई। दिन भर खाने की चर्चा होती रही और शाम होते ही लोग कव्वाल के आने और कव्वाली सुनने की तैयारी में लग गए।

करीब आठ बजे कव्वाल साहब का ग्रुप आया। पुरुषों के शिविर में व्यवस्था की गई। बैरकों के बीच के मैदान में और दूसरी तरफ महिलाओं के शिविर में, सभी महिलाएं कव्वाली देखने और उसका आनंद लेने के लिए मैदान में तारों के उस पार बैठ गई। कव्वाली शुरू हुई और लोगों आनंद लेने लगे, लेकिन जैसे ही कव्वाल साहब ने "दमादम मस्त कलंदर" की कव्वाली शुरु किया, खुशी और उत्साह की भावना वातावरण में भर गई, और कुछ झूमने लगे। एक

हंगामा सा छा गया। पहले तो सेना को समझ में नहीं आया कि हुआ क्या है, तो वह तुरंत भाग कर आगे आ गए और उन लोगों को पकड़ने लगे, आर्मी वालों को लगा कि यह लोग कुछ करने की फिराक में हैं। फिर लोगों ने सेना को समझाया कि कव्वाली के इस हिस्से के दौरान लोग भावुक हो जाते हैं। कव्वाली भी कुछ देर के लिए रुक गई थी। जब उन्हें समझ में आ गया तो कव्वाली फिर से शुरू हुई और आधी रात तक चलती रही। इस प्रकार आधी रात ईद के शोर में बीत गई, जिसका अपना ही मजा था इस जेल में। जेल में बिताई गई ईद ऐसी थी कि अपनों से दूर रहकर भी अपनों के साथ ईद मनाई हमने यह अलग बात है कि एक कैदी थे और दूसरा उनका रक्षक। ईद के दूसरे ही दिन "अनारकली" फिल्म दिखाई गई। यह हम कैदियों के लिए ईद का तोहफा था, फिल्म वालों की ओर से। इस प्रकार हमारे रमजान और ईद दोनों बीत गये।

जेल में रहने वाले वह लड़के जिनका कोई नहीं था, उन्होंने अपना एक ग्रुप बना लिया था। उनकी उम्र 16 से 25 साल के बीच रही होगी। उन लड़कों के समूह का जो नेता था उसका नाम आरिफ था। वह काफी चंचल था और पंडित जी और तिवारी जी को परेशान करने के बहाने ढूंढता रहता था और रोज कोई न कोई ड्रामा करता था, अपने ग्रुप के लड़कों के साथ। उसके अलावा बच्चों को तंग करना उन्हें नई-नई शरारतें सिखाना, एक तरह से ये लड़के अपने दुखों को भुलाने का हर बहाना ढूंढ़ते थे, जिससे लोगों को गुस्सा और हंसी दोनों आ जाए। एक बार ऐसा हुआ कि जब तिवारी जी राउंड पर आए तो दो लड़के गायब थे। लोग लाइन में खड़े थे और ये दोनों लड़के मिल नहीं रहे थे। तिवारी जी ने आरिफ से कहा कि तुम्हारे ग्रुप के दो लड़के गायब हैं। वे कहां हैं? जाकर बाथरूम में देख कर आओ, वह किधर हैं। आरिफ और उनके दोस्त गए और वापस आकर कहा, साहब वो वहां नहीं हैं। वह तो रात को क्लिनिक गए थे फिर वापस ही नहीं आए। 7:00 बजे से 7:15 हो गए, लेकिन वह लड़के कहीं

नहीं मिले। लोगों का लाइन में खड़े-खड़े बुरा हाल हो गया। क्लिनिक चूंकि बाहर की ओर था इसलिए सभी को उनके भागने पर संदेह हो रहा था। अचानक, कोने में पड़े उलटे देग के अंदर से पिटने की आवाज आने लगी। आर्मी के लोगों ने दौड़कर देग को उलटा दोनों लड़के देगों से निकले बुरे हाल में। आरिफ और उनके दोस्त और बच्चे हंसने लगे। उन दोनों को पानी पिलाया गया। जब उनकी सांस में सांस आई तो उन्होंने आरिफ से कहा, तुमने कहा था 5 मिनट छिपना है। यह सुनते ही तिवारी जी को गुस्सा आ गाया और लोग भी गुस्सा हो गए कि तुम लोगों की शरारत की वजह से हम लोग आधे घंटे से लाइन में खड़े हैं और अगर ये लड़के दम घुटने से मर जाते तो? तिवारी जी ने आरिफ और उसके दोस्तों को सजा के तौर पर तीन घंटे तक चिलचिलाती धूप में एक पैर पर खड़ा रखा। फिर यह कहते हुए उन्हें छोड़ दिया गया कि यदि उन्होंने दोबारा ऐसा किया तो इससे भी कड़ी सजा मिलेगी। उन लड़कों ने माफ़ी तो मांग ली, लेकिन कब सुधरने वाले थे।

शिविर में जीवन सामान्य रूप से चल रहा था, रोज सुबह फालिंग, वही सुबह-सुबह माइक से गीत और फिर समाचार प्रसारित होना। बच्चे नौ बजे अपनी-अपनी कक्षाओं में, जो प्रत्येक बैरक के बरामदे में थी, तिरपाल बिछा कर उस पर बैठ जाते थे। स्कूल 12 बजे तक चलता था। दोपहर 12 बजे से 1 बजे तक मिलन पार्टी का आना और शाम को बच्चों का खेल कुद में लग जाना, खेल के शिक्षक के साथ। शिविर में अब्बू ने कह कर एक "फुटबॉल" टीम भी बनाई थी। हर सप्ताह एक मैच होता था। एक अब्बू की टीम थी और एक दूसरे बैरक के लोगों की टीम थी, और क्रिकेट के भी दो टीम बनाई गई थीं, जिनके मैच रविवार को होते थे। अब्बू क्योंकि फुटबॉल खेलते थे अपने कॉलेज के दिनों में और पटना इलेक्ट्रिक डिपार्टमेंट की तरफ से भी फुटबॉल खेलते थे, इसलिए अब्बू ने फुटबॉल की टीम ली और उसके कप्तान बने। हर हफ़्ते मैच होते थे और जीतने वाली टीम के लोग देग उलटा कर के बड़े-बड़े चम्मचों से उसे

बजाते थे और तार के दूसरी तरफ से महिलाएं तालियां बजाती थी। यही जीवन की छोटी-छोटी खुशियां थी। रेड क्रॉस के लोग भी अक्सर आकर बच्चों के लिए विभिन्न वस्तुएं, खिलौने और किताबें लाकर देते रहते थे। शिविर में सेना के लोगों का रवैया भी सबके प्रति अच्छा होने लगा था। ऐसा लगता नहीं थी कि हम लोग युद्ध बंदी हैं, ऐसा लगता था कि यह एक बस्ती है जहां लोग एक-दूसरे का ख्याल रखते हैं, बस बस्ती में रहने के कुछ नियम हैं जिनका पालन करना जरूरी है। सैनिकों का दिल भी हम से इसलिए लगता था क्योंकि वे भी अपने घर-परिवार से दूर थे। हर बच्चे में वह अपने बच्चे को देखते थे। हर मां-बहन में वो अपनी मां-बहन को ढूंढ़ते थे और उसी को मानवता कहते हैं, जो तब थी अब कभी-कभी देखने को मिलती है। यदि हम कैद में थे, तो वह भी हमारी तरह ड्यूटी की कैद में थे।

फिर पहली बकरईद आ गई। लोगों को बकरईद थोड़ी फीकी सी लगने लगी और वे सोचने लगे की बकरईद पर करें क्या। कुरबानी तो होगी नहीं। न जेल में गोश्त मिलेगा। लेकिन इस बार फिर मेरठ के लोगों ने अपना बड़ा दिल दिखाया। अपने कैदी भाइयों के लिए बकरे की कुर्बानी करा कर जेल में भिजवा दिया, जिसे काफी जांच के बाद हम तक लाया गया, और बकरईद भी ईद की तरह अच्छी गुजरी, बस फर्क सिर्फ इतना था कि ईद और बकरईद की नमाज के बाद लोग एक-दूसरे के गले लगकर खूब रोते थे, अपने प्रियजनों को याद कर के, और सोच कर के पता नहीं आगे क्या होगा। बकरईद पर हमें "आदमी" फिल्म दिखाई गई। ऐसे तो हर महीने एक फिल्म दिखाई जाती थी। फर्क सिर्फ इतना था कि ईद, बकरईद और 15 अगस्त को फिल्म हमें मुफ्त दिखाई जाती थी। ऐसे 25 पैसे के कूपन देते थे। मेरठ के बड़े लोगों ने अनुमति ले ली थी कि हर दो या तीन महीने में एक बकरा कटवाकर भिजवा देते थे तो खाने का मजा थोड़ा बढ़ जाता था। मांस देखकर बच्चे भी खुश हो जाते थे और जब लड़के

खाना लेकर बांटने आते थे, तो बच्चे कहते, "बोटी" हमें देना हड्डी वाले हमारी अम्मी को। छोटी-छोटी खुशियां थी इस कैंप में।

सब कुछ होने के बावजूद भी लोगों के दिल में डर रहता था और आर्मी को भी डर रहता था कि कहीं कोई भाग न जाए या कोई दुर्घटना न हो जाए। इसलिए रात में अगर किसी महिला या बच्चे को बाथरूम जाना होता था तो लड़कियां और बच्चे डरते थे क्योंकि सारे बाथरूम बिल्कुल आखिर में थे, सभी बैरक के आखिर में ग्राउंड पार करके। इसलिए सभी महिलाएं ग्रुप बना कर जाती थी और आर्मी वाले टॉवर से टॉर्च मार कर देखते थे और कभी-कभी, जब देर हो जाती थी, तो वे पूछते थे कि कहां जा रहीं हो और वापस आते समय भी ऐसा ही करते थे और जब तक सभी बैरक में नहीं पहुंच जाते, तब तक वह टॉर्च की रौशनी मारते रहते थे। हमारे जाने के बाद वह संतुष्ट होते थे।

शिविर में कई महिलाओं का प्रसव भी हुआ। उन्हें प्रसव के लिए शिविर के बाहर स्थित सेना के अस्पताल में ले जाया जाता था। वह महिलाएं अपने छोटे-मोटे गहने, अगर उनके पास होते तो, बेच कर नर्स के माध्यम से अस्पताल के बाहर से बच्चे और अपनी जरूरत की छोटी-मोटी चीजें मंगवा लेती थी। क्योंकि वह कैंप के टोकन का उपयोग बाहर नहीं कर सकती थी, और यदि उनके परिवार के सदस्य मनी ऑर्डर भेजते थे, तो वो भी टोकन के रूप में ही मिलते थे।

कैंप में हमने मुहर्रम भी मनाया। जो शिया भाई हमारे साथ थे उन लोगों ने मातम और मजलीस यानी शोक मनाने और सभा करने की अनुमति मांगी। दूसरे कैंप के लोगों ने भी इजाजत मांगी थी क्योंकि संख्या बहुत ज्यादा नहीं थी इसलिए दोनों को इजाजत मिल गई लेकिन हुआ यूं कि दूसरे कैंप के लोगों ने ब्लेड से मातम करना शुरू कर दिया जिसके कारण खून बहने लगा। चूंकि मातम बहुत जोर-शोर से चल रहा था इसलिए खून बहता देख सेना ने सभी को चारों तरफ

से घेर लिया और मातम को तुरंत रुकवा दिया गया। एक तनावपूर्ण माहौल पैदा हो गया, सेना ने अपनी बंदूकें निकाल ली थी और सभी को घुटने पर बैठा दिया था। हमारे कैंप में मातम शुरू नहीं हुआ था, लेकिन उस कैंप में इतना तनाव बढ़ गया था कि हमारे कैंप के मातम को रोक दिया गया, जो लोग घायल थे उन्हें अस्पताल ले जाया गया और सजा के तौर पर उस कैंप में जो दूसरी चीजों की अनुमति दी गई थी वो वापस ले ली गई। लोगों ने बहुत अनुरोध किया लेकिन उनसे कहा गया कि आप लोगों ने यह बात हमें नहीं बताई थी और दूसरा कि इतने ब्लेड का इस्तेमाल क्यों किया गया?

दो-तीन दिन तक हर जगह तनावपूर्ण माहौल रहा, फिर हमारे कैंप में ऑफिसर ने एक मीटिंग बुलाई, उससे पहले सबके सामान की तलाशी ली गई। फिर ऑफिसर ने मीटिंग में कहा कि अगर यहां भी ये सब हुआ तो हम सब कुछ बंद कर देंगे क्योंकि आपकी सुरक्षा हमारे लिए ज्यादा महत्वपूर्ण है। एक भी व्यक्ति की इस कैंप मौत हुई तो हमें बहुत जगह जवाब देना पड़ेगा। इसलिए आप सभी को चेतावनी दी जाती है कि ऐसा कुछ भी न करें जिससे आप को और दूसरे लोगों को तकलीफ हो।

अभी माहौल गरम था और हर कोई एक तरह से मानसिक पीड़ा की स्थिति में थे, कि आरिफ और उसके ग्रुप ने फिर नया तमाशा कर दिया। दूसरे दिन सुबह जब पंडितजी फालिंग के लिए आए तो 4 लड़के फिर गायब थे। अब सुबह 7 बजे लोग लाइन में लग गए थे, और जब तक वो लड़के नहीं मिलते, तब तक कोई लाइन से हिल नहीं सकता था। हर जगह उन लड़कों को ढूंढा जा रहा था, बाथरूम से लेकर क्लिनिक तक यहां तक कि रसोई के खाली देगों को भी उलटा करके देखा गया लेकिन उनका कोई पता नहीं था। प्रत्येक बैरक की छत पर बड़े-बड़े पेड़ों के तने थे और बीच-बीच में कभी किसी पक्षी की, कभी किसी कौवे की अजीब सी आवाज आती थी और कभी-कभी बिल्ली और

कुत्ते की भी आवाज आती थी। लोग एक घंटे से खड़े थे। बच्चे रोने लगे थे, लेकिन उन लड़कों के बारे में कुछ पता नहीं चल पा रहा था। पंडित जी और तिवारी जी का गुस्सा चरम पर था। अचानक लाइन में मौजूद एक लड़के ने कहा, सर बैरक की छतों को भी चेक कर लें, हमें वॉशरूम जाना है। पेट दर्द कर रहा है। तब पंडितजी ने कहा कि छतों पर फैले पेड़ों को भी चेक करो। 5 पांच मिनट बाद दो बैरकों की छत से उन चारों लड़कों को नीचे लाया गया। उस दिन तो पूरा कैंप का गुस्सा उन लड़कों पर था और पंडित जी और तिवारी जी को समझ में नहीं आ रहा था कि वो क्या करें। लोग डर भी रहे थे कि कहीं इन लड़कों को मार न पड़े। इसलिए लोग क्षमा करने को कहने लगे। काफी समझाने के बाद यह निर्णय लिया गया कि उन लड़कों को सजा दी जाएगी। उन लड़कों को खड़े रहने की सजा दी गई और साथ ही अगली बार बंद रखने की धमकी भी। अब्बू और बाकी लोगों को उन बच्चों पर तरस भी आ रहा था क्योंकि सभी जानते थे कि वह सिर्फ़ अपनी ओर ध्यान आकर्षित करने के लिए ये सब कर रहे हैं ताकि लोग समझें की वह भी हैं जो अकेले रह गए हैं इस भीड़ में।

हमारे कैंप में एक व्यक्ति थे जिनका नाम मुझे याद नहीं, लेकिन लड़कों ने उनका नाम मक्खन रखा था। उनकी पत्नी युद्ध में मारी गयी थी, बस दो छोटी-छोटी बच्चियों को लेकर वह किसी तरह भागने में सफल रहे थे। कैंप में चूंकि पुरुष और महिलाएं अलग-अलग रहते थे, इसलिए उनकी बच्चियों को महिलाओं के शिविर में रखा गया था। वहीं दूसरी तरफ एक 20 से 25 साल उम्र की एक लड़की थी, रज़िया। उसका पूरा परिवार मारा गया था, बस वह बच गई थी। उसी के साथ मक्खन साहब की बच्चियां रहती थी। वह दोनों बच्चियों को हर समय अपने साथ रखती थी। शाम को जब तार के दोनों तरफ लोग अपने-अपने परिवारों और बच्चों से बात करते थे तो मक्खन साहब की बेटियां भी खड़ी हो जाती थी और रजिया भी कभी-कभी उनके बारे में मक्खन साहब से

बात करती थी और बच्चियों की छोटी-बड़ी समस्याएं बताती थी। आरिफ और उनके दोस्त उन दोनों की कहानियां बनाते थे, और कभी-कभी मजाक करते और टोंट मारते। मक्खन नाम भी उन लड़कों ने ही दिया था कि देखो बाजी को मक्खन लगा रहा है। ब्रेड को मक्खन मिल गया इत्यादि, बेचारे बहुत तंग रहते थे उन लड़कों से। अब्बू अकसर उन लड़कों को समझाते थे, लेकिन कब वह लड़के समझने वाले थे? यह जेल भी अजीब जगह थी, लोग बस अपना-अपना समय बिता रहे थे। मक्खन साहब को तो शुरु-शुरू में बहुत बुरा लगता था लेकिन धीरे-धीरे उन्हें रजिया अपनी बेटियों की मां के रूप में पसंद आने लगी।

जिंदगी खट्टे-मीठे अंदाज में चल रही थी कि अगस्त का महीना आ गया। "स्वतंत्रता दिवस" और "स्वतंत्रता दिवस" भी ऐसा कि दो देशों के आगे पीछे 14 और 15 अगस्त। अब समस्या यह थी कि कुछ कैदियों ने 14 अगस्त को मनाने का अनुरोध किया, जिसे स्वीकार करना कठिन था। लोगों के दिलों में मातृभूमि की याद सताने लगी। कैद भारी लगने लगा और लोग कब वापस जाएंगे, के सवाल उठने लगे। बैरकों के प्रभारी को बुलाया गया और कहा गया कि इन बातों से बचें, जब तक दोनों देशों की सरकारों के बीच कोई समझौता नहीं हो जाता, तब तक आप लोगों को यहीं रहना हैं। आप लोग कब जाएंगे उसका जवाब अभी मेरे पास नहीं है। उन लोगों को कैसे समझाना उसे आप लोग देख लो और हां, 15 अगस्त को स्वतंत्रता दिवस मनाया जाएगा। बाकी 14 अगस्त को क्या करना है आप लोग सोच कर बताओ लेकिन ऐसी बात बताना जो हमारे बस में हो।

अब्बू और बाकी लोगों ने एक दिन का समय मांगा और वापस आकर लोगों से बात की और कहा, कि सोचो की समस्या का क्या समाधान हो। सब सोचने लगे। अब्बू के दिमाग में एक खयाल आया। उन्होंने का कि क्यों न हम लोग

पूरे सप्ताह स्पोर्ट्स वीक मनाएं और 15 अगस्त को स्वतंत्रता दिवस मनाएं। इस तरह पूरे सप्ताह लोग व्यस्त रहेंगे और समय भी बीत जाएगा और झगड़ा भी खत्म हो जाएगा। यह बात अब्बू ने ऑफिसर को बताई और, उनको और बाकी लोगों को यह बात बहुत पसंद आई।

दूसरे दिन घोषणा की गई कि 8 से 14 अगस्त तक "खेल दिवस" मनाया जाएगा। शिक्षकों से कहा गया कि वह अपने-अपने बच्चों को उनकी आयु के अनुसार विभिन्न खेलों के लिए तैयार करें। बड़े लड़कों को बताया गया कि तीन दिन और तीन रात तक क्रिकेट और फुटबॉल मैच होंगे। विजेताओं की घोषणा 14 अगस्त को की जाएगी और पुरस्कार 15 अगस्त को प्रदान किए जायेंगे, और फिर उसके बाद 15 अगस्त के लिए बच्चों को नज्में यानी कविताएं याद कराई जाने लगी। "अल्लामा इकबाल" की बांग-ए-दारा अनुरोध करके मंगवाया गया था। मुझे भी टीचर एक नज्म की तैयारी करा रही थी, जिसका शीर्षक था "परिंदे की फरियाद" ये नज्म मुझे ऑफिसर के सामने पढ़नी थी। सिमी आपा ने बोरी दौड़ में और नदीम ने दौड़ में भाग लिया था। रेहान और नाजिया चूंकि बहुत छोटे थे, इसलिए उन्होंने हिस्सा तो नहीं लिया लेकिन तालियां बहुत जोर से बजाते थे अपनी नानी के साथ मिल कर।

कैम्प में एक खुशी का माहौल था। पूरे-पूरे दिन बच्चे स्कूल के बाद खेल कुद में लग जाते थे, तैयारी करते थे। हर तरह के खेल हर उम्र के बच्चों के लिए थे। अतः युवा और वृद्ध सभी अब जीतने के लिए समर्पण भाव में लीन हो गए। खुदा-खुदा करके 8 अगस्त आ गया और "खेल दिवस" शुरू हो गया। हर दिन 3-4 घंटे की खेल प्रतियोगिता होती थी। मुकाबला बहुत कड़ा था, जीतने वालों के नाम सूची में लिख लिए जाते थे और जो हार जाते उनको समझा दिया जाता कि खेल में हार-जीत लगी हुई है। आज यह जीता है कल तुम जीतोगे। छोटी-छोटी लड़कियां अपने 15 अगस्त की तैयारी में व्यस्त थी। वह झांकियां

और कविताएं याद कर रही थी। इस बीच तीन दिवसीय क्रिकेट मैच खेला गया जिसमें आरिफ की टीम विजयी रही। दूसरी टीम को लगा कि अंपायर उनके साथ मिला हुआ था। अब्बू की फुटबॉल टीम में उन्हें जीत मिली। फिर वयस्क जीतने के बाद 14 अगस्त के इंतजार में थे, और बच्चे अपने पुरस्कार का इंतजार कर रहे थे। इस प्रकार 14 अगस्त आ गया। उस दिन शाम के कार्यक्रम की तैयारी में सभी व्यस्त थे। शाम को बच्चों के नाम घोषित किए गए, कौन किस खेल में जीता, सिर्फ फुटबॉल और क्रिकेट टीमों को छोड़कर, बाकी सभी खेलों के विजेताओं को बताया गया कि उन्हें 1, 2, 3 के स्टैंड पर खड़ा होना है, कैसे झुककर पुरस्कार लेना है, आदि। उसके बाद सभी लोगों में "बालू शाही" मिठाई बांटी गई और कहा गया कि आप लोगों ने पूरा सप्ताह बहुत अच्छे से मनाया है, इस खुशी में आज का दिन मुंह मीठा करें। 14 अगस्त को ही कैंप को सजाना शुरु कर दिया गया था, छोटे-छोटे तिरंगे झंडों से। हर तरफ "तिरंगा" लगाया जा रहा था। 15 अगस्त की तैयारियां जोरों पर थी। खेलों में विजेताओं के लिए उपहार और पुरस्कार की व्यवस्था रेड क्रॉस वालों ने किया था। सुबह 7 बजे फालिंग के बाद ध्वजारोहण था। उसके बाद छोटे-छोटे कार्यक्रम बच्चों को प्रस्तुत करने थे। सब को जल्दी सोने के लिए कहा गया क्योंकि सुबह सब को जल्दी उठना था। हर कोई खुश था कि कल एक बड़ा दिन था। सब जल्दी- जल्दी काम खत्म कर के सोने की तैयारी में लग गए।

15 अगस्त को सभी लोग जल्दी उठ गये। बच्चे तो लगता था की सोये नहीं थे। सुबह 7 बजे तिवारी जी और पंडित जी आ गए। सभी लोग अपनी-अपनी बैरकों में लाइन से खड़े हो गए और फालिंग शुरू हो गई। बारी-बारी से बैरकों में रहने वाले सभी लोगों की गिनती की गई। उस के बाद सभी को बड़े मैदान में जहां खेल आयोजित हुआ था वहां इकट्ठा होने के लिए कहा गया। ऑफिसर के लिए मेज लगाने को कहा। महिलाएं और बच्चे अपने-अपने शिविर स्थल पर थे, दोनों तरफ व्यवस्थाएं की जा रही थी। दोनों तरफ पुरस्कार रखे गए थे।

सभी बच्चों का प्रबंधन महिलाओं की तरफ था और बड़े लड़कों और पुरुषों का प्रबंधन पुरुषों की तरफ था। जब सारी तैयारियां हो गई और सभी अपनी-अपनी जगह पर बैठ गए, तो आर्मी एकदम अलर्ट हो गई, उस समय हमने पहली बार हेलीकॉप्टर को करीब से जमीन पर उतरते हुए देखा। ऑफिसर के साथ एक अन्य वरिष्ठ अधिकारी भी आये थे। हेलीकॉप्टर कुछ ही दूरी पर उतरा था और उससे वे दोनों बाहर निकल कर आए। बच्चे हेलीकॉप्टर को देखकर उछलने लगे, उनके लिए जैसे कोई तमाशा हो। सब को सब की माताओं ने पकड़ा। माइक पर ध्वजारोहण की घोषणा की गई और सभी लोग खड़े हो गए। फिर उसके बाद आए हुए अतिथियों ने ध्वजारोहण किया और माइक से भारत का राष्ट्रगान बजने लगा। ध्वजारोहण और राष्ट्रगान के बाद एक शिक्षक ने माइक संभाला और कार्यक्रम शुरू हुआ।

दोनों तरफ के लोग बच्चों का कार्यक्रम देखने के लिए इंतजार कर रहे थे और फिर लड़कियों ने अल्लामा इकबाल का राष्ट्रीय तराना "सारे जहां से अच्छा हिन्दुस्तान हमारा" गाया। उसके बाद अलग-अलग कविताओं पर झांकी प्रस्तुत की गई। इसमें इस्माइल मेरठी की नज्म " रब का शुक्र अदा कर भाई / जिसने हमारी गाय बनाई " भी शामिल थी। मैं बस अपनी बारी का इंतजार कर रही थी और मेरे अब्बू देखना चाहते थे कि मेरी आवाज क्या प्रभाव डालती है। ऑफिसर और विशेष अतिथि पर, जिसके लिए मुझे विशेष रूप से तैयार किया गया था, और अंततः मेरी बारी आ गई, और मैंने और मैंने बहुत सुंदर तरीके से अल्लामा इकबाल की नज्म "परिंदे की फरियाद" गाना शुरू किया:

आता है याद मुझ को गुज़रा हुआ ज़माना
वो बाग़ की बहारें वो सब का चहचहाना
आज़ादियां कहां वो अब अपने घोंसले की
अपनी ख़ुशी से आना अपनी ख़ुशी से जाना

माहौल में सन्नाटा छा गया था, हर तरफ खामोशी थी और माइक पर मेरी आवाज गूंज रही थी और लोगों की आंखों से आंसू बह रहे थे। यहां तक कि मुख्य अतिथि की आंखों में भी आंसू थे और जैसे ही मैंने ये चार पंक्तियां गाई:

क्या बद-नसीब हूं मैं घर को तरस रहा हूं

साथी तो हैं वतन में मैं क़ैद में पड़ा हूं

लोग हिचकियों से रोने लगे और मैं उस नज्म का मतलब समझे बिना अपनी कविता में मगन हो कर गाये जा रही थी। जब मैंने अंतिम चार पंक्तियां गाई:

गाना इसे समझ कर ख़ुश हों न सुनने वाले
दुखते हुए दिलों की फ़रियाद ये सदा है
आज़ाद मुझ को कर दे ओ क़ैद करने वाले
मैं बे-ज़बां हूं क़ैदी तू छोड़ कर दुआ ले

ऑफिसर अचानक अपनी कुर्सी से उठ गए और उन्होंने मुझे गोद में उठाकर रोते हुए कहा, बच्चे हम भी लाचार और असहाय हैं, लेकिन एक दिन तुम सब जरूर जाओगे अपने घर और मैं भी अपने घर में चैन की नींद सोऊंगा। मेरी भी तुम्हारी जैसी बेटी है, तुम भी अपने घर के आंगन में जा कर खेलेगी। क्या करें हम, दुनिया बहुत बुरी जगह है। और फिर ऑफिसर ने हंसते हुए शिक्षक से कहा,"ओह, तुमने इसीलिए इकबाल साहब की किताब मंगाई थी, ताकि सब को रुला दे।

उसके बाद टीचर ने ऑफिसर से कहा, सर आज के पूरे कार्यक्रम में सबसे अच्छा किसका था और प्रथम, द्वितीय व तृतीय स्थान पर कौन है? ऑफिसर ने कहा, ये तो आप लोग तय कर लो कि कौन प्रथम, द्वितीय और तृतीय नंबर पर है, लेकिन मैं इस बच्ची को अपनी ओर से एक विशेष पुरस्कार देता हूं।

ऑफिसर कुछ उपहार अपनी तरफ से भी लेकर आए थे बच्चों के लिए। उन्होंने मुझे एक जादुई स्लेट इनाम में दिया और कहा कि तुम लिखना शुरू करो एक दिन तुम यह कहानी भी लिखोगी। मुझे वो बात तो याद नहीं थी लेकिन स्लेट को हमेशा याद करती थी और आजादी के बाद तक वह स्लेट मेरे पास रही।

ऑफिसर ने स्लेट देते समय एक और बात कही थी: देखो, यह एक जादुई स्लेट है, तुम इस पर लिख कर मिटा सकती हो जादू से और फिर दोबारा लिख सकती हो। जैसे प्रार्थना दुर्भाग्य को मिटा देती है और सौभाग्य लिख देती है। ये बातें मुझे मेरे अब्बू ने बताई क्योंकि मैं ये बात भूल चुकी थी, केवल मुझे स्लेट याद थी। (और यह वही स्लेट थी जिसका जिक्र मैंने कहानी की शुरु में किया था)

उसके बाद बच्चों को पुरस्कार देने का सिलसिला शुरू हुआ। किसी को खिलौना मिला, किसी को लूडो। हर बच्चा अपने पुरस्कार से खुश था। सिमी आपा को लूडो का प्रथम पुरस्कार मिला था, और नदीम को बच्चों का क्रिकेट सेट, नाजिया, रेहान को गुड़िया और गेंद मिली थी। प्रत्येक बच्चे को जीत के अलावा भी पुरस्कार मिला था। हर कोई खुश था। उसके बाद लोगों में मिठाइयां बांटी गई। दूसरी ओर, पुरुषों में क्रिकेट और फुटबॉल खिलाड़ियों को पुरस्कार दिए गए। विजेता टीम के कप्तान को एक बड़ा बंडल मिला था जिसमें मार्गो साबुन, टूथपेस्ट, बिस्कुट, सिगरेट आदि था और खिलाड़ियों को मार्गो साबुन और बिस्कुट मिला था। फिर हेलीकॉप्टर आया और मेहमानों को लेकर वापस चला गया और 15 अगस्त का दिन भी बीत गया।

समय अपनी गति से बीत रहा था। इस बीच कैंप में बच्चे भी पैदा हुए और शादियां भी हुई। वह लड़के-लड़कियां जो अकेले रह गए थे, उन्होंने भी तार के उस पार अपनी भावनाएं व्यक्त की और बड़े बुजुर्गों ने मिल कर उनकी शादियां करा दी। शादी क्या थी बस निकाह हुआ और उन बच्चों को भी जीने का एक बहाना मिल गया। मक्खन साहब को भी लोगों ने समझाया कि बिना कारण लड़कों पर गुस्सा नहीं हुआ करें। उनकी आदत है लोगों को तंग करना लेकिन असल में तुम्हारी बच्चियों को मां की जरूरत है। बोलो तो, महिलाओं से बात की जाए। रजिया से बात करके तुम दोनों का भी निकाह पढ़वा दिया जाए। कैंप में रहते हुए साल बीत गया था और आखिरकार एक दिन मक्खन साहब भी राजी हो गए और कैंप में शादी की इजाजत लेकर उनकी शादी करा दी गई। उस दिन लंगर में खाना बहुत स्वादिष्ट बना था और सारी रात लड़के नाचते-गाते रहे।

कैदियों की बस यही खुशियां थी। जब किसी के यहां बच्चा होता था तो महिलाएं उसके लिए कपड़े और भोजन का प्रबंध करती थी। ऐसा लग रहा था जैसे लोग भूल गए हैं कि वे यहां जेल में हैं, और ऐसे रह रहे हैं जैसे यह उनका गांव या मोहल्ला हो। यह जेल एक पूरी बस्ती बन चुकी थी, जो जीवन से दूर और जीवन के बहुत करीब। बराबर वाले कैंप में क्या होता था हमें पता नहीं चलता था लेकिन वहां जीवन थोड़ा तंग लगता था क्योंकि जब भी हमारी तरफ शोर या नृत्य होता था, तो वे हमें दूर से देख रहे होते थे। अभी तक मुझे कैंप से बाहर जाने का मौका नहीं मिला था। क्योंकि केवल बहुत बीमार लोग या किसी को बच्चा होता था वही कैंप से बाहर जाते थे, आर्मी वालों की निगरानी में।

एक दिन, मेरे कारण अब्बू को भी अस्पताल जाना पड़ गया, कैंप से बाहर। हुआ यूं की हम बच्चे कोई खेल, खेल रहे थे। यह खेल कोई कोना बदलने का खेल

था। मुझे तेज चलने और तेज दौड़ने की आदत थी और मैं हार मानती नहीं थी, और आज भी नहीं मानती हूं। कोना बदलने में दो बच्चे दरवाजे पर थे और दो खंभे पर थे और बीच में चोर होता था वह पकड़ता था। चोर से बचकर जो मैं भागी दरवाजे पर उसने अपना पैर आगे कर दिया, दरवाजा खुला हुआ था और में सीधे खड़े दरवाजे से टकरा गई। मेरी आंख के ऊपर चोट लगी और खून फव्वारे की तरह बहने लगा। अम्मी घबरा गई और भागकर बाहर आई और मुझे देख कर रोने लगी कि बच्ची की आंख को कुछ न हो गया हो। एक हंगामा मच गया। तुरंत डॉक्टर आ गए और उन्होंने खून बहने से रोकने के लिए रुई लगाई और कहा कि बच्ची को टांके लगाने पड़ेंगे और आगे की जांच के लिए अस्पताल जाना होगा। तुरंत सेना के जवान आ गए। फोन किया गया और आर्मी का ट्रक आ गया जिस पर तिरपाल लगे हुए थे। इस बीच कैंप के डॉक्टर ने अब्बू और अम्मी से कहा कि मैंने प्राथमिक उपचार कर दिया है, लेकिन आप दोनों को बच्ची के साथ जाना होगा।

अब्बू से आर्मी वाले ने कहा कि एक आदमी जाएगा, तुम दोनों में से कौन जाएगा?

अब्बू ने कहा कि मैं जाऊंगा और अम्मी से कहा कि तुम कैंप में रुको बाकी बच्चों के साथ।

आर्मी वालों ने अब्बू के हाथों में हथकड़ी लगा दी, मैं उनकी ओर देखने लगी तो उन्होंने कहा कि मजबूरी है। अब्बू ट्रक पर मुझे अपनी गोद में लेकर बैठ गए। ट्रक के किनारे पर आर्मी के लोग बैठ गए थे और ट्रक का पर्दा गिरा दिया गया। मैं लगातार रो रही थी और आर्मी वाले मुझे सांत्वना दे रहे थे। इस बीच उन्होंने अब्बू और मुझे समझाया कि हम आर्मी अस्पताल जा रहे हैं वहां किसी से बात नहीं करना न ही किसी को कोई जवाब देना है, जो कहना होगा हम कहेंगे।

जब हम लोग अस्पताल पहुंचे तो वहां बहुत भीड़ थी। हमारे साथ दो सैनिक भी अन्दर गये। यह आर्मी का फैमिली अस्पताल था। अब्बू के हाथों में हथकड़ी और साथ में बच्ची को देख कर हर कोई अजीब निगाहों से देख रहा था। जैसे कह रहा हो कि तुम्हारा कसूर क्या है कौन हो? क्या किया है तुमने। मुझे दर्द हो रहा था और खून भी बह रहा था।

अब्बू ने दो बार कहा, ज़रा इसे देख लें। जब तीसरी बार कहा, तो नर्स बदतमीजी करने लगी और कहा कि चुपचाप बैठो। एक तो पता नहीं क्या अपराध कर के आए हो ऊपर से हुक्म दे रहे हो। आर्मी वाले कोने में खड़ा था तेजी से हमारे पास आए और नर्स से कहा कि बच्ची को अंदर ले जाओ जल्दी काम करो और फालतू बात नहीं। फिर उसने किसी का नाम लेकर कहा कि उनसे तुम्हारी शिकायत करूंगा हर बार तुम ऐसा ही करती हो। नर्स तुरंत मुझे अंदर लेकर चली गई।

अंदर जाकर उसने मुझसे पूछा कि कौन हो तुम लोग और तुम्हारे साथ वह आदमी कौन है? मैंने कहा, वह मेरे अब्बू हैं। नर्स बोली कहां से आई हो। उसी समय, आर्मी वाला अंदर आ गया और बोला, तुम को बात समझ में नहीं आती। उसी बीच डॉक्टर आ गए और उन्होंने मेरी आंख को ऊपर से साफ किया और कहा कि आंख थोड़ा-थोड़ा से बच गई है, लेकिन सूजन के कारण बंद है और आंख के ऊपर चोट है जिस पर टांका लगेगा। फिर डॉक्टर ने सारा काम करने के बाद कहा कि बच्ची को आराम कराइएगा और 15 से 20 दिन के बाद आइएगा, टांका हटेगा। मेरी आंख पर वो निशान आज भी है जो युद्ध बंदी की निशानी है। फिर हम लोग वापस कैंप की ओर रवाना हो गए।

रास्ते में अब्बू ने आर्मी वाले से कहा कि थोड़ा सा पर्दा हटा दो ताकि मैं भी थोड़ा मेरठ देख लूं। उन्होंने थोड़ा पर्दा हटा दिया और मेरठ की एक झलक मैंने भी देख ली। अब्बू बहुत उत्सुक थे कि अगर कभी मौका मिले और जीवन ने

इजाजत दी तो वह मेरठ जरूर जाएंगे। मेरठ को देखते हुए हम वापस आ गए। अब उसे घर कहूं या जेल, यही हमारी दुनिया थी। 15 से 20 दिन के बाद हम लोग फिर कैंप से आर्मी अस्पताल गए और टांके कटवाए और उसके बाद वापस आ गए।

मेरे भाई-बहनों में मेरी सबसे बड़ी बहन सिमी आपा बहुत बुद्धिमान और पढ़ाकू थी। अपने कारावास के दौरान, वह या तो नानी और अम्मी के साथ होती या छोटे भाई-बहनों के साथ उनकी देखभाल करती थी, या पढ़ाई करती थी। सिमी आपा को हमेशा ये दुख रहता था कि खाने में गोश्त क्यों नहीं आता है। अम्मी कैंटिन से अंडे लाकर उबाल देती थी, बच्चों के लिए लेकिन सिमी आपा को तले हुए अंडे चाहिए होते थे। उनके जीवन का बड़ा मसला अंडा और गोश्त था।

नदीम और रेहान दिन में एक बार कैंटीन का चक्कर लगा आते थे क्योंकि कैंटीन वाला सब के टूथपेस्ट के डिब्बे से छोटे-छोटे जानवर निकाल कर कभी तो बच्चों को सीधे दे देते थे और अगर बच्चे ज़्यादा होते तो वह उसे हवा में उछाल देते थे, जिस को जो मिले और मैं दोनों भाइयों की मदद करती थी लुटने में। उन दिनों, सब के टूथपेस्ट के डिब्बे में बच्चों के लिए उपहार होता था। कैंटिन वाले से नदीम और रेहान की अच्छी दोस्ती हो गई थी, तो वह कोशिश करते थे कि अगर किसी पैकेट में कोई मुफ्त गिफ्ट है तो उन को दे देते थे लेकिन दूसरे बच्चों से छिपा कर।

युद्ध के कारण रेहान और नाज़िया पर बहुत बुरा प्रभाव पड़ा था। रेहान इतना डर गया था कि वह हकलाने लगा था और अपनी सारी बात बता नहीं पाता था। ये कमी रेहान में आज भी मौजूद है, वह अपनी बातों को अपने तक ही रखता है, हकलाता नहीं है लेकिन अपने मन की बात किसी को बताता भी नहीं है। नाज़िया पर उसका असर यह हुआ कि उसकी दुनिया या तो वह तकिया

थी जिसे वह हर समय अपने साथ रखती थी या फिर उसकी नानी। वह सिर्फ अपनी नानी के साथ ही रहती थी क्योंकि युद्ध और भागने के दौरान, नानी उसे अपने सीने से लगा कर रखती थी। रेहान और नाजिया अपनी नानी के बिना नहीं रह सकते थे, और नदीम अम्मी के बिना। उसी जेल और युद्ध का असर हम बच्चों के अवचेतन में कहीं न कहीं आज भी दबा हुआ है, यही वजह है कि नानी के निधन के बाद नाज़िया किसी के साथ तालमेल नहीं बिठा पाई, न ही किसी से अपनी भावनाएं व्यक्त कर पाई और न ही कोई उसे समझ पाया। मेरे भाइयों और बहनों के अंदर वह सभी बाते भय के रूप में आज भी उनके अवचेतन में निश्चितता और अनिश्चितता के रूप में मौजूद हैं, जो किसी न किसी रूप में उन्हें सताती हैं। शायद उन्हें वो स्थिति याद भी न हो या शायद वो याद करना नहीं चाहते हो। लेकिन मैं भूलती नहीं हूं, कुछ भी इसीलिए मैं सब कुछ लिख लेती हूं।

साल बीत गए, रमजान, ईद और बकरईद बीत गया, और फिर से रमजान आने वाला था, लेकिन हमारी आजादी का कोई संकेत नहीं था। हां, ये जरूर हुआ था कि जो लोग 60 वर्ष से अधिक उम्र के थे उन्हें आठ महीने की कैद के बाद रिहा कर दिया गया था। हमारे जेल से भी लोग गए थे। इस बीच, हर सुबह प्रसारित समाचारों से पता चला कि शिमला समझौता होने वाला है और कैदियों की रिहाई की भी बात चल रही है। हम बस इस उम्मीद में जी रहे थे कि कब आज़ादी की खबर आएगी। जेल में बहुत कुछ था, लेकिन किसी से मिलने की आजादी नहीं थी। न ही अपने प्रियजनों के पास जाने की और न उन्हें देखने की।

लोग इस जीवन के अभ्यस्त होते जा रहे थे और जेल को अपना वतन और जेल में मिली जगह को अपना घर का हिस्सा मानने लगे थे। लोगों ने अपने-अपने हिस्सों में दीवारों पर कीलें ठोंक कर, रस्सियां बांध कर उसमें पर्दे लटका

दिए थे। किसी ने चादर से, किसी ने साड़ी से, तो किसी ने दुपट्टे को जोड़कर पर्दे बना लिए थे, जो इस बात का सबूत था कि यह हिस्सा उस परिवार का है और उस जगह पर कोई दूसरी नहीं आ सकता। अम्मी ने भी अपनी जगह पर एक छोर से दूसरे छोर तक रस्सी बांध कर पर्दा लगा दिया था। साड़ी को जोड़ कर सिलाई कर दी थी। कभी किसी ने सोचा भी नहीं होगा कि इतने बड़े परिवार की लड़की इस तरह से जीवन व्यतीत करेगी, जिसके घर के नौकर-चाकर भी ऐसे नहीं रहते थे।

इस प्रकार, इस बैरक के हॉल वाले कमरे में, पूरा कोना हमारा था, जिसके अंदर चार चारपाइयां थी। शाम को अक्सर अम्मी लंगर में खाली चूल्हे पर कस्टर्ड, हलवा और कभी-कभी अंडा और आलू बना कर तार के उस पार मेरे अब्बू को भेज दिया करती थी। शाम को कभी-कभी अब्बू और अम्मी तार के दोनों ओर खड़े होकर बात कर लिया करते थे। हमारा कोई भविष्य नहीं था, लेकिन हम पुरानी बातें या रिश्तेदारों के बारे में बातें करते थे। शिविर में महिलाएं अक्सर झगड़ती रहती थी, कभी-कभी इस बात पर कि कौन पहले शौचालय जाएगा या कौन पहले कपड़े धोएगा। लंगर पर किस को रोटी कड़े करने हैं, किस के बच्चे ने किस को मारा। लेकिन मैंने अम्मी को कभी लड़ते नहीं देखा। यदि कभी कोई बच्चों को लेकर कुछ कह भी दिया तो वह चुपचाप सुन लेती थी और बच्चों को समझा देती थी। रात को सभी बच्चे नानी से कहानियां सुनते थे। रेहान और नाजिया की दुनिया ही नानी थीं। अब्बू अक्सर काम के बाद बच्चों को खेलते हुए देखते रहते थे और कभी-कभी फुटबॉल और कैरम खेलने लगते थे। अक्सर, अब्बू जब हमारी तरफ होते तो वह मेरे, नदीम और सिमी आपा के साथ कैरम खेलते थे। अब्बू हमेशा मेरे पार्टनर होते थे ताकि अब्बू के साथ मैं जीत सकूं, और नदीम सिमी आपा का पार्टनर होता था। सिमी आपा जबरदस्ती रानी को अंदर डाल देती थी। पहले तो अब्बू से लड़ाई होती और फिर अब्बू जानबूझकर अक्सर हार जाते थे और मैं अब्बू से इस बात के लिए

लड़ती और नदीम इस जबरदस्ती की जीत से बहुत खुश होता। दूसरे शब्दों में, ये जीवन की एकमात्र खुशियां थीं हमारे पास जीने के लिए, जो शायद उस समय बहुत बड़ी खुशियां थीं।

मेरे साथ कैंप में एक अजीब घटना घटी जिसको आज तक हम लोग समझ नहीं पाए कि हुआ क्या था। हमारे कैंप के बैरक के बिल्कुल अंत में, शौचालय की लाइन से पहले, एक बहुत बड़ा मैदान था। उसमें 3 गड्ढे थे, जिसे शाखों से छिपा दिया गया था। वह कब और क्यों खोदे गए थे हमें याद नहीं, लेकिन हर कोई उसके किनारे से आते-जाते थे। एक दिन हुआ यूं कि मैं अचानक गायब हो गई। बहुत जगह खोजा गया लेकिन कुछ पता नहीं चल रहा था। टावर पर खड़े आर्मी वाले से भी पूछा गया तो उसने बताया कि बच्चे यहां खेल रहे थे, लेकिन फिर अचानक सभी बच्चे खेल खत्म करके चले गए। जाकर देखो, शायद किसी दूसरे बैरक में खेल रही होगी। सभी बच्चों को इकट्ठा किया गया और उनसे पूछा गया कि मैं कहां हूं। उन को 4 बजे से 5 बज गए, पर मेरा पता नहीं चल रहा था। अब्बू ने घबड़ा कर कैंप में आर्मी दफ्तर में सूचना दी और अनुमति लेकर वह भी महिलाओं वाले हिस्से में आ गए। आर्मी के कुछ अफसर भी आए और उन्होंने भी बच्चों से पूछना शुरु कर दिया कि बच्ची कहां है। एक बच्चे ने बताया कि रोजी इस गड्ढे के पास खेल रही थी, उसके बाद हमने उसे नहीं देखा। सभी लोग दौड़कर वहां पहुंचे और गड्ढे से पेड़ के तने हटाने लगे। अम्मी रोए जा रही थी। महिलाएं समझा रही थीं कि बंद कैंप में बच्ची जाएगी कहां यहीं कहीं होगी। तीन में से दो गड्ढों में मैं नहीं थी, लेकिन जैसे ही अब्बू ने तीसरे गड्ढे के तने हटाए, तो उन्होंने देखा कि मैं गड्ढे में गुड़िया के साथ बहुत शांति से खेल रही थी, न रोना और न ही अंधेरे का डर। अब्बू ने पूछा कि तुम यहां क्या कर रही हो कैसे गिर गई, क्या हुआ। बहुत ही शांति से मेरा उत्तर था मैं खेल रही थी। अपने दोस्तों के साथ। आप लोगों को देख कर वह भाग गया। अब्बू और दूसरे लोगों ने यह समझा कि किसी

बच्चे ने उसे परेशान किया है। अफसर मुझे लेकर हर बैरक में गए और बच्चे दिखाते रहे कि कौन बच्चा था लेकिन हर बार मेरा जवाब एक ही था कि यह वह बच्चा नहीं है। वह बच्चे को पकड़कर समझाना चाहते थे, लेकिन बच्चा होता तो मिलता ना। अब असल कहानी क्या थी हमें आज तक नहीं पता। लेकिन जिस तरह से मैं अंदर बिना किसी डर या चिंता के बैठे थी वह आज तक न ही मेरे अब्बू-अम्मी को समझ आई न मैं बता सकी क्योंकि गड्ढा इतना बड़ा था कि एक बड़ा आदमी उसमें पूरी तरह से खड़ा हो सकता था, और बच्चा गिर तो सकता था लेकिन उससे निकल नहीं सकता था। इस घटना के बाद किसी ने अब्बू से कहा कि वह बच्चों को उस जगह खेलने नहीं दें। (मुझे यह घटना याद नहीं थी, यह बात मेरे अब्बू ने बताई और इस बात को इस किताब में शामिल करने को कहा। क्यों मुझे नहीं पता)

फिर एक दिन अम्मी की तबीयत खराब हो गई और उन्हें डॉक्टर के पास ले जाने के बाद अब्बू को पता चला कि एक नई जिंदगी अब्बू के परिवार में जुड़ने वाली है। डॉक्टर ने तो यह खुशखबरी दे दी। बात खुशी की भी थी लेकिन अब्बू को उदास कर गई। खुशी तो इस बात की थी कि परिवार बढ़ रहा था, लेकिन दुख इस बात का था कि किन परिस्थितियों में यह खुशी आ रही है। हम बच्चे इस बात से बेखबर अपनी ही दुनिया में मग्न थे, बस हमें इतना पता था कि अम्मी हर समय बीमार हो जाती हैं। इसलिए सभी बच्चों ने हर बात के लिए सिमी आपा और नानी को सहारा बना लिया था।

जेल तो जेल ही होती है, खाने-पीने की चीजें तो थीं, लेकिन वो खाना जिंदा रहने के लिए काफी था, उसको आप खाना तो कह सकते हैं, लेकिन गर्भवती महिला के स्वास्थ्य के लिए उसे अच्छा खाना नहीं कह सकते। एक गर्भवती महिला के लिए आवश्यक और अच्छा भोजन की जरूरत होती है वो तो अब्बू ला नहीं सकते थे। हां खुश रखने की कोशिश जरूर करते थे। दूसरी मजबूरी ये

भी थी की अब्बू बच्चों के काम में अम्मी की मदद भी नहीं कर सकते थे। क्योंकि पूरे दिन अब्बू तार के उस पार रहते थे। केवल 2 घंटे के लिए ही मिल पाते थे। हां, लेकिन जब डॉक्टर को दिखाना होता था तो अब्बू कैंप के क्लिनिक जाते थे और कोशिश करते थे कि जो छोटी-मोटी जरूरतें हो उसे पूरा कर सकें, कैंटीन से सामान खरीद कर।

कैंप की महिलाओं में एक अच्छी आदत यह थी कि जब भी किसी के घर कोई खुशखबरी होती, तो सभी उस आने वाले बच्चे के लिए चीजें तैयार करने लगती थी पूराने कपड़ों से। इस तरह अम्मी ने भी अपने आने वाले बच्चे के लिए तैयारियां शुरू कर दी थी। अपनी साड़ी का आंचल काट कर बच्चे के कपड़े बनाने लगी। नानी ने भी अपनी साड़ी काटकर बच्चे के लिए छोटे-छोटे चादर बनाने शुरू कर दिए। कुछ महिलाओं ने कपड़ों से कुछ खिलौने बनाए, एक महिला ने छोटी-छोटी चिड़िया बनाकर डोरी से लटका दिया ताकि बच्चे को दे सके जिसे आजकल Rational Rattle Toy कहते हैं। जो आजकल बच्चों को बिस्तर के ऊपर माताएं लगा कर संगीत बजा देती है और अपने काम में लग जाती है। उस जमाने में महिलाएं उसे हाथ में लेकर हिलाती थी बच्चे को खुश करने के लिए। हर कोई अपनी समझ से अम्मी को उपहार भी देती जा रही थी। आने वाले बच्चे के लिए। दूसरे शब्दों में कहें तो शिविर की महिलाओं को एक काम मिल गया था और प्रत्येक महिला अपनी समझ और अनुभव के आधार पर सलाह भी दे रही थी।

इस बीच खबर आई कि युद्धबंदियों को रिहा किया जा रहा है, लेकिन छोटी-छोटी टुकड़ियों में। ऐसे तो, संभवतः दिसंबर 1972 से ही कैदी वापस जाना शुरु हो गए थे लेकिन हमें यह समाचार जनवरी 1973 में मिला। शिविर में एक खुशी की लहर दौड़ गई, लोग एक-दूसरे को बधाई देने लगे, लेकिन हमें अभी यह पता नहीं था कि हम लोग कब जाएंगे और कैसे जाएंगे। कैंप के रेडियो से

जब यह समाचार सुनते कि इतने कैदी रिहा हुए तो हम लोग ये सोच कर दुखी हो जाते कि आखिर हम लोग कब और कैसे वापस जाएंगे क्योंकि अभी तक ऑफिसर की तरफ से हमें कोई सूचना नहीं आई थी।

3 से 16 दिसम्बर 1971 तक चले एक सप्ताह, छह दिवसीय युद्ध में अनगिनत घरों को उजाड़ दिया था। अब घर जाने की आशा तो जागी थी लेकिन यह उम्मीद पूरी होगी या नहीं, ये समझ में नहीं आ रहा था। अब्बू भी सोचने लगे थे कि ना जाने क्या होगा। कहां जाएंगे, कैसे रहेंगे अगर छूट गए तो। और चिंता यह भी थी कि पता नहीं आने वाला बच्चा यहां होगा या आजादी के बाद। अम्मी के प्रसव के लिए पैसे कहां से आएंगे अगर बाहर प्रसव हुआ तो। इस संघर्ष में जीवन चल रहा था, लेकिन मेरी नानी अक्सर समझाती थी बेटा, चिंता मत करो, खुदा ने तुम्हें यहां तक सुरक्षित पहुंचाया है, तो आगे भी सब ठीक होगा, बस खुदा पर भरोसा रखो। हर कोई चिंतित था और इंतजार कर रहा था कि आखिर उनकी रिहाई की खबर कब आएगी।

अचानक, एक दिन, आखिर वह क्षण भी आ गया। ऑफिसर कैंप में आए और उन्होंने सभी को इकट्ठा किया और कहा कि सभी लोग शांतिपूर्वक मेरी बात सुनिए। दोनों सरकारों ने कैदियों को रिहा करने का निर्णय किया है। इस संबंध में कैदियों की रिहाई भी शुरू हो गई है, लेकिन सभी को एक साथ रिहा करना संभव नहीं है। इसलिए आप लोग सभी अलग-अलग समूहों में जाएंगे। इस प्रक्रिया में कुछ महीने या वर्ष भी लग सकता है। आप लोगों के कैंप से भी लोग जाएंगे इसलिए धैर्य रखें, अलग-अलग समूह बनेगा।

यह सुनकर शिविर में मौजूद लोग चिल्लाने लगे कि हमें पहली सूची में डाल दें।

ऑफिसर ने कहा कि सभी लोग शांत हो जाएं, हंगामे की जरूरत नहीं है, सभी अपने-अपने घर चले जाओगे। जाओ, सब लोग, तैयारी करो जाने की।

यह समाचार हमें वर्ष की शुरुआत में मिली थी। यह खबर सुनते ही लोग सजदे में पड़ गए, हर कोई ये दुआ करने लगा कि पहली सूची में उनका नाम हो। हर कोई इस तरह तैयारी कर रहा था जैसे कल ही उनको जाना हो। यह खबर इतनी बड़ी थी कि लोगों से खुशी बरदाश्त नहीं हो रही थी। सारी रात लड़के ढोल बजाते रहे और खुशी से नाचते रहे। दूसरे दिन शाम को जब सभी महिलाएं ग्राउंड में हमेशा की तरह तिरपाल बिछाकर बैठीं, तो उन महिलाओं ने अम्मी से कहा कि तुम्हारी आने वाली संतान बहुत भाग्यशाली और धन्य है। यह एकमात्र बच्चा है जिसे खुदा ने इस संदेश के साथ दुनिया में भेजा है कि जाओ, तुम सब के दुख के दिन खत्म हो गए, अब सभी स्वतंत्र हो। लोग खुश थे, लेकिन दुखी भी थे, क्योंकि आगे की यात्रा तो थी, लेकिन मंजिल कहां है पता नहीं था। क्योंकि जो अपनी मेहनत से भारत से जाकर बनाया था वह बांग्लादेश में रह गया था, और जो रिश्तेदार कुछ बचे थे, किसी के मां, बाप, भाई-बहन, वो भारत में रह गए थे, और पाकिस्तान में कुछ रिश्तेदार तो थे, लेकिन उनके स्वागत का अंदाज क्या होगा और बसेंगे कहां और कैसे जीविकोपार्जन करेंगे, उसका पता किसी को नहीं था। क्योंकि सारे दस्तावेज पीछे रह गए थे। अब आगे खुदा के अलावा कोई सहारा नहीं था।

अगले महीने, हमारे कैंप में एक सूची आई कि कौन-कौन से लोग इस समूह में जाएंगे। उन लोगों को तैयार रहने का आदेश दिया गया। उस सूची में हम लोग शामिल नहीं थे। वहां 15 से 20 परिवार थे जिनको जाना था। वास्तव में, कैदी रिहा तो ज्यादा होते थे लेकिन प्रत्येक शिविर से लोगों को मिला कर भेजा जाता था। इसीलिए कैदियों को जाने में समय लग रहा था, फिर सुरक्षा व्यवस्था भी एक कारण रही होगी। शिमला समझौते के आधार पर ही कैदियों को रिहा किया जा रहा था। जो लोग जा रहे थे वह खुश थे और जो रह जा रहे थे वह हसरत से उनको देख रहे थे और अपने जल्द जाने का इंतजार कर रहे थे। जैसे-जैसे शिविर में लोगों की संख्या कम हो रही थी, शेष लोगों को खाली बैरकों

में इकट्ठा कर दिया जाता था। कैंप की रौनक भी कम हो रही थी। दो ग्रुप हमारे कैंप से जा चुके थे।

इसी बीच हमारे घर खुशखबरी का समय आ गया और अम्मी को आर्मी अस्पताल जाना पड़ गया। अम्मी जाते समय अपनी साड़ी के आंचल से बना कपड़ा और नानी की साड़ी से बनी चादर लेकर अस्पताल गई थी। तकलीफ बहुत ज्यादा थी। खुदा की कृपा से एक बच्चे का जन्म हुआ और पता चला कि आने वाली मेहमान एक बेटी है। खुशी से अब्बू की आंखों से आंसू गिर गए, कि इसमें कोई संदेह नहीं कि खुदा जब बेटी को भेजता है तो यह कह कर भेजता है कि, जा तेरे बाप का रिजक यानी भरण-पोषण मेरा दायित्व है। और इसमें कोई संदेह नहीं की मेरी ये बहन दुनिया में सब की आजादी की खबर लेकर आई थी। अम्मी का अस्पताल में दिल बहुत चाह रहा था कि अपनी बेटी के लिए कुछ बाहर से मंगाए, लेकिन बाहर कूपन तो चलते नहीं थे। अम्मी बेटी को देखकर बहुत खुश थी कि खुदा का शुक्र अब हमारी चार बेटियां है और दो बेटे। अम्मी ने बिना कुछ सोचे-समझे अपनी सोने की अंगूठी नर्स को देकर कहा कि मेरी बेटी के लिए एक कांच की दूध की बोतल और कुछ नए कपड़े ले आओ, इस अंगूठी को बेच कर। उस नर्स ने अम्मी से अंगूठी ले ली और दूसरे दिन एक बोतल और दो जोड़ी कपड़े लाकर दिया और कहा कि आपकी अंगूठी के केवल 14 रुपये मिले थे। बाकी मैंने अपने पास से लगा दिए, उपहार समझ कर रख लो। अम्मी बिना हिसाब किए बस इस बात से खुश थी कि कम से कम अपनी बेटी को उन्होंने नए कपड़े और नई कांच की दूध की बोतल खरीद कर दिया, कुछ तो नया मिला उसको भी। फिर अम्मी को तीन दिन के बाद अस्पताल से छुट्टी दे दी गई। अब्बू को पता नहीं क्यों लग रहा था कि ऑफिसर ने जानबूझकर हमारा नाम सूची में आगे डलवाया है ताकि अम्मी अपना गर्भ पूरा कर सकें क्योंकि उस समय कैंप में वह एकमात्र महिला थी, जिनका प्रसव होना बाकी था।

जब अम्मी अस्पताल से कैंप आईं, तो चिंता इस बात की हो गई कि क्या नाम रखा जाए। एक तो बच्चे का नाम रखा ही जाता है और तुरंत रखना जरूरी इसलिए भी था क्योंकि सूची में बच्चे का नाम जाना था। अब महिलाओं ने तुरंत इस विशेष लड़की के लिए एक बैठक आयोजित की क्योंकि सब की प्यारी जो हो गई थी। सभी ने पहले तो जश्न मनाया। जो लोग बच गए थे, उन लोगों ने बच्ची को कैद के हिसाब से उपहार भी दिए, और वह चिड़िया तो खास थी जो हाथों से बना कर दी गई थी। फिर नाम पर विचार शुरू हुआ। नानी ने कहा कि भैया, मैं तो इसको फौजी बुलाऊंगी क्योंकि यह कैंप में फौजियों के बीच पैदा हुई है। सभी ने कहा कि विचार तो अच्छा है, लेकिन लड़की का पुकारू नाम तो फौजी हो ही सकता है। लेकिन कोई न कोई अच्छा नाम तो रखना ही होगा इसका। एक महिला ने कहा कि क्यों न इसका नाम "फौजिया" रखा जाए। "फौजिया" नाम और उपनाम "फौजी" दोनों मिल गए। सभी सहमत हो गए। नानी अपनी आखिरी सांस तक फौजिया को "फौजी" ही बुलाती थी। फौजिया के जन्म को अभी केवल कुछ महीने ही हुए थे कि सूची आ गई उन कैदियों की जिन को अगले महीने जाना था और उस सूची में हम लोगों का नाम शामिल था। यानी अगले महीने हमें जाना था वापस। हमारा प्रस्थान था उस कैद से जहां हमने एक अलग ही जीवन गुजारा था। बीते हुए कल का एक-एक पल आंखों के सामने से गुजरने लगा, और मेरे अब्बू-अम्मी खुदा का शुक्र अदा करने लगे। उनको इस बात पर यकीन नहीं हो रहा था कि यहां से हम लोग जाने वाले हैं। हम आजाद व स्वतंत्र होने वाले ह

*****

आज़ादी की यात्रा

जब से अब्बू को पता चला था कि हम सब जा रहे हैं, बहुत चिंता हो गई थी न जाने अब क्या होगा। पश्चिमी पाकिस्तान जा कर क्या करेंगे। मां-बाप भी यहीं हैं। घर, जमीन और संपत्ति सब यहां है, और दुर्भाग्य यह है कि अपने घर होते हुए नहीं जा सकते, न मां-बाप और भाई-बहन से मिल सकते हैं। कहां जाएंगे। पता नहीं ये लोग हमें किस जगह छोड़ेंगे। न पैसा है, न काम है, न काम ढूंढने के लिए कागजात हैं जिसके आधार पर काम ढूंढ सकेंगे और न ही सिर छुपाने की जगह होगी। इस उधेड़-बुन में दिन बीत रहे थे। अम्मी अपना सामान पैक कर रही थी, कि सब कुछ कैसे ले जाना है। बक्सों के नाम पर एक छोटा सा काले रंग का ट्रंक था। बाकी सामान में कुछ प्लेटें और कपड़े थे, जिन्हें एक गठरी में बांधना था, साथ में एक छोटी बच्ची थी जो अभी-अभी दुनिया में आई थी। हां, नाज़िया के हाथ से तकिया नहीं छूटता था। वह तकिया उसका रक्षक, उसका खिलौना, उसका सब कुछ था और नानी उसे किसी को छूने भी नहीं देती थीं। नानी ने साफ कह दिया था कि कुछ जाए या न जाए यह तकिया जरूर जाएगा। नानी अक्सर उस दिन को कोसती थी जिस दिन वह बेटी से मिलने पूर्वी पाकिस्तान (बांग्लादेश) आई थीं और कहती थीं, अगर मैं भारत से तुम लोगों से मिलने नहीं आती और अपनी बेटी और बच्चों की मुहब्बत में नहीं रुकती तो आज कम से कम तुम लोगों को सब कुछ देती और तुम लोगों के पास सब कुछ होता। नानी का दिल भारत छोड़कर जाने का नहीं था। लेकिन मजबूरी यह थी कि उन्हें जाना तो था क्योंकि अम्मी उनकी इकलौती बेटी थी।

जैसे-जैसे जाने के दिन करीब आ रहे थे, ना जाने क्यों इस कैंप को और प्रत्येक बैरक को देख कर छोड़ने का दुख हो रहा था। बीता हुआ समय याद आ रहा था जो हम ने यहां बिताए थे। अब बैरकों में बहुत कम लोग रह गए थे। रात को अकेले बाथरूम जाने में भी डर लगने लगा था। दिन के समय भी बहुत खामोशी होती थी। सभी लोग सिर्फ दो बैरकों में सिमट कर रह गए थे। और जाने के दिन गिन रहे थे। बराबर वाले कैंप में पता नहीं लोग गए थे या नहीं, हमें मालूम नहीं था। खुदा-खुदा कर के हमारे जाने के दिन भी आ गए। जाने से एक दिन पहले ऑफिसर आये और बताया कि कल आप लोगों को जाना है। पहले आप लोगो की जांच होगी फिर सामान की जांच होगी, कोई भी ऐसी चीज अपने साथ नहीं रखिएगा जिससे आप लोगों को चेकिंग के दौरान परेशानी हो। आपके जो सामान है जैसे गहने और कागजात जो हमने आपसे लिए थे, वह सब आप को मिल जाएंगे। कैंप की कोई भी ऐसी वस्तु जो आप की नहीं है उसे अपने साथ मत ले जाइएगा। जिंदगी फिर हमें कभी मिलाती है या नहीं यह तो अलग बात है, लेकिन जिंदगी यह हिस्सा आप के लिए बल्कि हमारे लिए भी एक सपना और कहानी की तरह है। आपके साथ बिताया गया मेरा समय यादगार रहेगा, जिस तरह से आपने हमारा सहयोग किया उसके लिए बहुत-बहुत धन्यवाद। थोड़ी देर बाद, कार्यालय में आकर अपना सामान ले लीजिएगा।

अब्बू ने ऑफिसर से कहा, कि साहब हमें भी नहीं पता कि कभी हम फिर मिलेंगे या नहीं, लेकिन इस जगह आकर हमें एहसास हुआ कि अपने फिर भी अपने ही होते हैं। ये समय जो हमने यहां बिताया है वह इस बात का प्रमाण है कि मानवता, प्रेम और भाईचारा अभी भी मौजूद है। आप लोगों का बहुत एहसान है कि हमें इतनी मुहब्बत से रखा और प्रयास किया कि हमें लगे नहीं कि हम लोग कैद में हैं।

उसके बाद ऑफिसर ने मुझे बुला कर कहा कि लो बच्चे आज मेरा वादा पूरा हो गया, अब परिंदे आज़ाद होने जा रहे हैं। (अब्बू ने ये बातें कहानी लिखते समय बताई) ये कहते हुए उनकी आंखों में आंसू थे, न सिर्फ़ उनके बल्कि हमारे साथ जाने वाले सभी की आंखों में आंसू थे। और ये आंसू इस बात का सबूत थे कि प्यार की कोई भाषा नहीं होती। इससे कोई फर्क नहीं पड़ता कि आप कौन हैं। जब आप मानवता की भाषा बोलते हैं तो रंग, धर्म, दोस्ती या दुश्मनी, रक्षक या कैदी कोई बाकी नहीं रहता, रह जाती है तो केवल मानवता और प्रेम। उसके बाद हम सब की ग्रुप फोटो ली गई और एक ग्रुप फोटो उन्होंने सिर्फ हमारे परिवार के साथ लिया। उस समय कैमरा ऐसा था कि फोटो खींचो और वह बाहर आ जाती थी। ऑफिसर ने फोटो हमें दिखाई।

अब्बू ने उनसे कहा कि एक और ले लें और उसकी एक प्रति हमें भी दे दें, यादगार रहेगी।

उन्होंने कहा कि शमीम साहब ये फोटो आपको नहीं दे सकते, क्योंकि सीमा पर जांच के दौरान आपको दिक्कत हो सकती है। यह फोटो हमारे रिकार्ड में रहने दो, उसके बाद वह चले गए।

सभी लोग बारी-बारी ऑफिस में गए और जिसका जो सामान जमा था वो वापस ले लिया। अम्मी के कुछ गहने थे जो उन्हें वापस मिल गए। अब्बू के तो कोई कागज़ात थे ही नहीं। अब्बू अपना सामान लेकर सभी से मिलते हुए वापस अपने बैरक में आ गए। अब्बू यह सोच रहे थे कि उनके पास तो कोई शैक्षणिक प्रमाण पत्र है ही नहीं, आज़ादी के बाद क्या काम करेंगे, बस ये थोड़े गहने हैं जो कुछ दिन तक काम आ जाएंगे। बाकी तो बस खुदा का सहारा है। अब्बू, अम्मी और नानी ने सारी तैयारियां पूरी कर ली थी, बस इंतज़ार था तो आदेश आने का कि सुबह कितने बजे निकलना है।

रात में खबर आई कि हमें सुबह निकलना है। इसलिए सभी जल्दी सो जाएं। हम लोग सुबह जब 4 बजे जागे तो देखा कि आर्मी वाले हमारे जाने की तैयारी में लगे हुए हैं। बड़े-बड़े सैन्य ट्रक आ चुके थे, जिस तरह जो लोग ग्रुप में आए थे वैसे वह ग्रुप में वापस जा रहे थे। सब लोग तैयारी में लगे हुए थे। बच्चों को तैयार कर रहे थे, फिर नाश्ता परोसा गया, फिर हमारी लाइन लगाई गई और सभी की गिनती की गई। फिर सभी लोग एक-दूसरे के गले मिल और माफी मांगी और कहा कि अगर कोई गलती या हमसे ठेस पहुंची हो तो हमें माफ कर दीजिएगा। तिवारी जी और पंडित जी भी वहां पर मौजूद थे, अब्बू उनसे भी गले मिल, सब रो रहे थे। तिवारी जी और पंडित जी ने मुझे और नदीम को देख कर कहा बहुत तंग करते हो तुम दोनों, और सिमी आपा से कहा, जाओ, तुम्हारी समस्या हल हो गई। अब अंडा अपनी पसंद से बना कर खाना और गोश्त तो रोज मिलेगा, तेरे तो मजे हो गए। बोलते हुए वह रो पड़े। ऐसा लग रहा था कि हम जेल से नहीं किसी अपने से रुखसत हो रहे है। ऐसी यात्रा में जहां से लौटना न केवल कठिन है, बल्कि असंभव भी है। हर कोई दुखी था और यह सिर्फ हमारे साथ नहीं था, बल्कि हमसे पहले भी जो लोग गए थे उनके साथ भी ऐसा ही था।

फिर हमारे सामान की चेकिंग शुरू हो गई। जिस किसी की भी जांच हो जाती, वह कैंप के गेट पर तारों के बीच में जाकर खड़ा हो जाते थे। एक-एक करके सभी की जांच हो गई तो फिर ट्रक को अंदर लाया गया और सभी ट्रक अंदर वाले ग्राउंड में लाइन से खड़े हो गए। फिर सब से कहा गया कि सूची में से जिन का नाम पुकारा जाए, वह ट्रक पर चढ़ जाएं, युवा, बूढ़े और बच्चों को ट्रक पर चढ़ने में मदद करें। फिर सूची से नाम पुकारे जाने लगे। साथ ही, रेड क्रॉस ने आगे आने वाले प्रत्येक परिवार को बच्चों और वयस्कों दोनों के लिए भोजन और पेय से भरा एक बॉक्स और एक बैग दिया। अम्मी ने फौजिया के लिए बोतल में दूध बना कर रख तो लिया था, लेकिन फिर भी अम्मी को एक डिब्बा

पाउडर का दूध मिला। अम्मी को वह दिन याद आ गए जब रेहान और नाज़िया को भागने और युद्ध बंदी बनने के बाद न जाने कितने दिनों तक 'माड़' (चावल का पानी) पीना पड़ा था। नानी बोतल में 'माड़' डालकर उन्हें पिलाती थी। अब हम कहां जा रहे थे कैसे जा रहे थे यह हमें बताया नहीं गया था। बस इतना पता थी कि पाकिस्तान जा रहे थे। हमसे कहा गया की ट्रक का पर्दा नहीं हटाया जाए। जब सभी लोग ट्रक पर चढ़ गए, तो फिर से सभी के नाम पुकारे गए ताकि यह सुनिश्चित किया जा सके कि कोई छूट न जाए। उसके बाद ट्रक धीरे-धीरे कैंप से बाहर निकलने लगा। जैसे-जैसे ट्रक आगे बढ़ रहा था, हमारे दिल की धड़कन तेज हो रही थी। 22 महीने तक युद्ध बंदी रहने के बाद आजादी मिलने जा रही थी। हम कैंप को दूर जाते देख रहे थे। अब्बू खुश थे और उनको ये भी दुख हो रहा था कि कैद में ही सही लेकिन उनके मां-बाप तो इस देश में हैं। उम्मीद तो थी कि कभी अम्मा से या अब्बा से मिलने की इजाजत मिल जाएगी लेकिन अब ये आजादी उन्हें सबसे दूर ले कर जा रही थी। इतनी दूर कि वहां से वापसी का रास्ता बहुत कठिन है।

ट्रक जैसे-जैसे सड़क पर मुड़ने लगी, आर्मी वालों ने ट्रक के पर्दे नीचे गिरा दिए। शायद यह हमारी सुरक्षा के लिए था कि शहर से गुजरते समय पर्दे गिरा दिए जाते थे। ट्रक की रफ्तार न तेज़ था और न ही कम, लेकिन अब्बू ने महसूस किया कि ट्रक को भीड़-भाड़ वाले इलाके से कोशिश की जा रही है कि न गुजरे। बीच में एक जगह ट्रक रोकी भी गई और कहा कि अगर किसी वयस्क या बच्चे को शौचालय आदि जाना हो तो वे चले जाएं। पर्दा थोड़ी देर के लिए हटा दिया गया वह काफी सुनसान इलाका था। आस-पास कोई खास आबादी भी नहीं थी। ऐसा लगता था कि ये लोग किसी चीज़ या किसी सूचना का इंतज़ार कर रहे हैं।

लगभग एक घंटे के बाद ट्रक फिर से चलने लगा। ट्रक के पर्दे फिर से नीचे कर दिए गए। हमें अंदाजा नहीं कि हम कितने घंटे ट्रक पर रहे। शाम को, हम लोगों को रेलवे स्टेशन के बाहरी इलाके में उतारा गया और वहां से हमें खड़ी बंद ट्रेन में बिठा दिया गया। दूसरे डिब्बे में दूसरे कैंपों के लोग भी थे। जहां से हमें ट्रेन में चढ़ाया गया, वह भी आबादी कुछ खास नहीं थी, दूर तक कोई नहीं था। हम सभी ट्रेन में चढ़ गए, सबने बारी-बारी से अपने हाथ-मुंह धोए और जिनके पास जो खाने का सामान था, उसने खाना शुरू कर दिया। बच्चे थके हुए थे, खाना खाने के बाद सो गए। कुछ ही देर में ट्रेन रवाना हो गई। ट्रेन धीमी गति से चल रही थी और प्रत्येक डिब्बे में आर्मी के चार से पांच लोग थे। ट्रेन ने रफ्तार ज्यादा तो नहीं पकड़ी थी और जब भी रुकती थी, आउटर एरिया में ही रुकती थी। रात को जाने किस समय हमारी भी आंख लग गई, सुबह से सफर कर रहे थे।

सुबह के चार बजे थे या पांच, हमें याद नहीं। सभी को जगाया गया और कहा गया कि जल्दी-जल्दी अपना सारा सामान लेकर उतरो। अम्मी ने हम बच्चों को उठाया और सब को मुंह-हाथ धुलवाए और सामान समेट कर कहा हम तैयार हैं। फिर हम सब एक-एक करके ट्रेन से उतर गए। बाहर फिर एक सेना का ट्रक खड़ा था। हम लोग शायद अमृतसर रेलवे स्टेशन पर थे या कहां, मुझे याद नहीं ठीक से। सभी को फिर से ट्रक में बिठाया गया। इससे पहले सूची के अनुसार सभी के नाम पुकारे गए और सभी एक-एक करके ट्रकों पर चढ़ गए। यहां से ट्रक के पर्दे नहीं गिराए गए। ट्रक फिर एक नए गंतव्य की ओर बढ़ रहा था। इस बार हम लोग सड़कों की हरियाली और यात्रा का आनंद लेते हुए आगे बढ़ रहे थे और अंततः हम लोग उस ऐतिहासिक सीमा पर पहुंच गये जिसे वाघा बॉर्डर कहते हैं। यही वो ऐतिहासिक जगह थी जिसकी स्थापना 11 अक्टूबर 1947 को भारत और पाकिस्तान बनने के बाद ब्रिगेडियर (बाद में मेजर जनरल) महेंद्र चोपड़ा और ब्रिगेडियर नजीर अहमद ने की थी और यह

वही सड़क थी जिससे शरणार्थी और अप्रवासी पाकिस्तान गए थे, दोनों तरफ से और आज एक बार फिर इतिहास अपने आप को दोहरा रही थी।

वाघा बॉर्डर अमृतसर, पंजाब से 32 किलोमीटर दूर स्थित है, जो अमृतसर (पंजाब, भारत) और लाहौर (पाकिस्तान) के शहरों को जोड़ती है। हमें ट्रक द्वारा सीमा के उस ओर छोड़ दिया गया। बहुत सारे सेना और रेड क्रॉस के लोग जगह-जगह खड़े थे। सड़क के दोनों ओर लाइन से टेबल लगी हुई थी, जिस पर तरह-तरह के जूस और सूखे खाद्य पदार्थ जैसे बिस्कुट, केक, समोसे आदि रखे हुए थे। सबसे पहले तीन टेबल पर रेड क्रॉस और भारतीय सेना के लोग दोनों ओर बैठे हुए थे। अब्बू और अन्य लोगों से कहा गया कि आप लोग अपने-अपने परिवारों के साथ एक लाइन बना कर चलें और जो पुछा जाए बता कर आगे बढ़ते जाएं। खाने-पीने का सामान आप लोगों के लिए ही है जिस को जो खाना या लेना है ले सकते हैं। हम लोग करीब 11 या 12 बजे दोपहर को पहुंचे थे। मुझे समय और तारीख ठीक से याद नहीं है। धीरे-धीरे हम लोग चलने लगे। जब हम टेबल के पास पहुंचे तो आर्मी वाले ने अब्बू से उन का नाम और दादा का नाम पुछा फिर परिवार के सदस्यों के नाम पूछे और गिनती की। और एक कागज़ हाथ में देकर बोला कि आगे मांगे तो दे देना।

जब हम आगे बढ़े तो देखा कि बहुत सारे गुब्बारे लगे थे और बच्चों को दिए जा रहे थे। हमने भी गुब्बारे ले लिए। सबसे ज्यादा परेशान वह लोग थे जो मेज पर खाने का सामान लगा रहे थे। वह डब्बे खोल कर सामान रखते और जैसे घूमते टेबल खाली हो जाता। क्या बच्चे और क्या बड़े खाने का सामान ऐसे समेट रहे थे जैसे आगे खाने को कुछ नहीं मिलेगा। या फिर इतने दिनों से तरसे लोग जिन को यह सारी चीजें नई लग रही थी। हम बच्चों ने भी चीजें इकट्ठी कर रखी थी। बहुत लम्बी लाइन थी और लोग बहुत धीमी गति से चल रहे थे। अभी तक हम भारतीय सीमा द्वार तक नहीं पहुंचे थे। जगह-जगह कुर्सियां थी,

बुढ़े-बुजुर्ग या बच्चे वाले अगर थक जाते तो बैठ भी जाते थे। धीमी आवाज़ में गाने भी बज रहे थे। एक अजीब सा दृश्य था, जो थक कर बैठते थे उनके परिवार वाले जल्दी उठने को कहते, जैसे अगर गेट पार नहीं किया तो गेट बंद हो जाएगा।

1947 में, लोगों ने पाकिस्तान और भारत बनने के बाद यह रास्ता तय किया था, दोनों तरफ हजारों लोगों के बलिदान के बाद, और ठीक 24 साल के बाद, पाकिस्तान के दो टुकड़े हो जाने के बाद, हम बड़े दुख के साथ यह रास्ता तय कर रहे थे। उस समय, दोनों देशों के लोगों ने बलिदान के बाद अपने-अपने वतन की तरफ यात्रा की थी। मातृभूमि की स्वतंत्रता की यात्रा! और हम लोगों ने, देश के टुकड़े होने, बेघर और कैदी बनने के बाद अपनी आजादी की यात्रा की। वह मातृभूमि की आजादी थी, यह हमारी आजादी थी जो न जाने कहां लेकर चली थी। हम चलते-चलते इंडिया के गेट पर पहुंच गए थे। अब हमारे कदम धीरे-धीरे आगे की ओर बढ़ रहे थे, पाकिस्तान के द्वार की तरफ। ये दूरी बहुत लंबी और भारी लगने लगी, और फिर हम लोग उस द्वार पर पहुंच गये जिसको पार करके हम लोग पाकिस्तान में प्रवेश कर जाते। अब्बू ने पीछे मुड़कर देखा ऐसा लगा जैसे सब कुछ पीछे छूट गया हो। मां-बाप, भाई-बहन, जमीन-जायदाद, पूरा बचपन और जवानी, कुछ भी अब हाथ में नहीं रहा और सबसे बड़ी बात ये कि अपनी पढ़ाई-लिखाई की शैक्षणिक डिग्रियां भी छोड़ आए थे पूर्वी पाकिस्तान में, जो अब बांग्लादेश बन चुका था।

गेट पर कुछ फिल्मी सितारे मौजूद थे जिन्होंने हमारा स्वागत किया, साथ ही कुछ राजनीतिक लोग भी थे। हमारा अच्छा स्वागत हुआ। दोनों तरफ लोग खड़े थे, एक तरफ फिल्मी दुनिया से, दूसरी तरफ रेड क्रॉस और राजनीतिक लोग हमें फूलों की माला पहना रहे थे। थोड़ा आगे जाने पर फिर हम उसी तरह टेबल पर पहुंचे, यहां भी पाकिस्तानी सेना के लोग और रेड क्रॉस के लोग बैठे

थे। उन्होंने भी अब्बू और दादा का नाम और विवरण पूछा कर वह पर्ची ले ली जो हमें भारत में मिली थी और दूसरी पर्ची दे दी जो हमारे पाकिस्तान आने की पहचान थी और कहा कि इसे संभाल कर रखना। यहां भी उसी तरह दोनों ओर टेबल लगी हुई थी और हम खाते-पीते आगे बढ़ रहे थे। लोग खाने का सामान थैलियों में भी भरते जा रहे थे।

वहां से हमें एक शरणार्थी शिविर या यूं कहें कि एक अस्थायी आश्रय स्थल में ले जाया गया। देखने में तो वह आर्मी कैंप जैसा ही था, लेकिन हमें ठीक से पता नहीं था कि वो कौन सी जगह है, और न जानने में कोई दिलचस्पी थी। बहुत से लोग वहां पहले से ही मौजूद थे और बहुत से लोग जा चुके थे जो हमसे पहले आए थे। हम लोगों से कहा गया कि आप लोग नहा-धोकर फ्री हो कर वहीं आ जाएं जहां खाना परोसा जा रहा है। अम्मी और नानी बच्चों को लेकर बैठ गईं। अब्बू नदीम और रेहान को लेकर गए। खुद भी स्नान किया और दोनों बेटों को भी नहलाया तथा उनके कपड़े बदलवाएं। फिर वापस आकर नानी, अम्मी, सिमी आपा, मुझे और नाज़िया को भेजा। अब्बू खुद फौजिया, नदीम और रेहान के साथ वहीं बैठे गए, हमारा सामान भी वहां रखा था। वह थोड़ा सामान हमारे लिए किसी सम्पत्ति से कम नहीं था। फिर हम लोग बड़े हॉल की तरफ गए, वहां लोग आते जा रहे थे और जो लोग खाना खा चुके थे वे वापस जा रहे थे। खाने में बिरयानी, रायता और सलाद था। रायता और सलाद की फिक्र किसी को नहीं थी बस बिरयानी और कोरमा चाहिए था लोगों को, सिमी आपा की भी जैसे ईद हो गई थी। बिरयानी और कोरमा आता था और गायब हो जाता था, परोसने वाले लोग परेशान होकर बार-बार कहते थे "भैया हिम्मत से खाओ, थोड़ा सब्र सब को मिलेगा, लेकिन कौन सुनता है, बिरयानी और आजादी मिलने के बाद।

खाना खाने के बाद हम लोग एक जगह बैठ गए। अब्बू को ये चिंता थी कि आजादी तो मिल गई लेकिन इतने बड़े परिवार की जिम्मेदारी के साथ कहां जाएंगे, कैसे रहेंगे, पैसे कमाने का क्या साधन होगा।

नानी ने समझाते हुए कहा कि बेटा, खुदा पर पूरी उम्मीद रखो। उसने हमें अब तक न तो भूखा रखा है और न बिना छत के रखा है, और आगे भी वही मददगार है।

अब्बू ने कहा, हां अम्मा अब आप ही मेरी मां हैं दुआ कीजिए आप का ये बेटा सब को साथ लेकर अपनी शेष जीवन यात्रा सफलतापूर्वक पूरी करे।

इस बीच माइक पर घोषणा होने लगी कि यदि पूर्वी पाकिस्तान (बांग्लादेश) से कोई अर्ध-सरकारी या सरकारी कर्मचारी इस समूह में आए हैं, तो अपने कार्यालय के काउंटर पर आकर मिलें, और अपना नाम सूची में मिला कर टेबल पर अपना विवरण दें। पाकिस्तान इंटरनेशनल एयरलाइंस (P.I.A) भी अर्ध-सरकारी में आता था।

अब्बू ने अम्मी से कहा कि मैं भी जाकर देखता हूं शायद मेरा भी नाम सूची में हो, लेकिन मेरे पास तो कोई कागजात नहीं हैं। साबित कैसे करूंगा।

अम्मी ने कहा कि खुदा का नाम लेकर पहले जाकर मिले तो सही।

अब्बू हिम्मत जुटाकर बाहर निकले, और खुदा का नाम लेते हुए ढूंढ कर P.I.A के काउंटर पर पहुंचे। और बहुत अनिश्चितता के साथ कहा कि मैं भी P.I.A का कर्मचारी हूं और "Works" विभाग का स्टाफ था। अब्बू दिल से डर रहे थे कि कहीं कागजात न मांग ले। असल में प्रत्येक सरकारी कार्यालय ने एक समिति गठित की थी जिसे "कर्मचारी युद्ध बंदी बेघर व्यक्ति पुनर्वास समिति" का नाम दिया गया था, और उन कार्यालयों से ये समिति के लोग आकर बैठे हुए थे।

एक अधिकारी ने अब्बू से उनका नाम पूछा। अब्बू ने नाम बताया फिर उन्होंने दादा का नाम पूछा और अब्बू ने वो भी बताया दिया। उन्होंने पुछा कि स्टाफ नंबर याद है।

अब्बू ने कहा कि नहीं विभाग (department) याद है।

उसने कहा कि ठीक है अपने विभाग की सूची में अपना नाम चेक करो।

अब्बू ने खुदा को याद करते हुए जाकर सूची चेक कराई और वहां उनका नाम मिल गया। अब्बू ने खुशी-खुशी जाकर उन्हें बताया कि इस नंबर पर विस्तार से मेरा नाम और सब कुछ लिखा हुआ है।

उन्होंने रजिस्टर खोलकर देखा और फिर कहा कि कोई कागज मिला था तुम को आते हुए?

अब्बू ने कहा कि हां!

फिर उन्होंने कहा कि वह कागज दो।

अब्बू ने अपनी जेब से वह पर्ची निकाल कर दी जो पाकिस्तानी सीमा पर मिली थी। फिर अब्बू ने कहा, कि भाई, मेरे पास अपनी शिक्षा के कोई दस्तावेज या प्रमाण पत्र नहीं हैं। अगर आप मांगेंगे, तो मैं नहीं दे सकूंगा।

उसने कहा कि जरूरत नहीं है जब तुम्हें नौकरी मिली थी, तब सभी कर्मचारियों के कागजात कराची मुख्यालय में जमा कर लिए जाते थे। तुम्हारी फाइल भी कराची के कार्यालय में है। फिर उसने अब्बू से कहा कि यहां रजिस्टर पर अपने नाम के आगे हस्ताक्षर कर दो।

अब्बू ने हस्ताक्षर कर दिया।

फिर उसने अब्बू से पूछा कि तुम कहां जाना चाहते हो

अब्बू ने कहा कराची। उसने अच्छा ठीक है कह कर हस्ताक्षर के आगे कराची लिख दिया। फिर उसने अब्बू को एक लिफाफा दिया और कहा इसमें तुम्हारे खर्च के लिए पैसे हैं। चाहो तो आज का दिन यहीं बिताओ या फिर पुराने लाहौर में अपने परिवार के साथ किसी होटल में रुक जाओ। कल सुबह P.I.A के कार्यालय में जाकर अपना कार्ड बनवा लेना और यहां की चेक-इन होने के बाद अपना टिकट बना लेना। सभी प्रक्रियाएं कार्यालय कर्मचारी समझा देंगे।

अब्बू को यकीन नहीं हो रहा था कि इस लाचारी में खुदा ने कितनी बड़ी मदद की है। उन्हें नहीं पता था कि लिफाफे में कितने पैसे थे। खुशी से अब्बू के कदम लड़खड़ाने लगे। उस आदमी से अब्बू ने कहा भाई मुझे होटल का पता बता दो, मैं लाहौर शहर को नहीं जानता।

उन्होंने अपना कार्ड और होटल का कार्ड देते हुए कहा, कि यह कार्ड रख लो और होटल जाकर वहां जो भी काउंटर पर होगा उसको मेरा कार्ड देना और कहना उन्होंने भेजा है कुछ पूछना हो तो उनसे पूछ लेना। और कहा कि जब तुमको जाना हो आ जाना मैं बग्गी (घोड़ा गाड़ी) का प्रबंध कर दूंगा और रास्ता समझा दूंगा। साथ ही उसने P.I.A के ऑफिस का पता भी दिया और बताया कि वहां किससे मिलना है और कहा कि होटल वाले को बोलना वह रास्ता समझा देंगे।

अब्बू को वह आदमी रहमत का फरिश्ता लग रहा था। अब्बू खुशी-खुशी वापस नानी और अम्मी के पास आए और कहा कि अम्मा आप की दुआ लग गई, और नजमा तुम्हारा P.I.A यहां भी आ गया, बेरोजगार को नौकरी देने।

इस पर नानी ने कहा कि बेटा खुदा जो भी करता है, हमारे भले के लिए करता है। हम को बुरा लगता है और समझ में नहीं आता। सोचो, खुदा जानता था कि आगे क्या होने वाला है। हम पर कितनी मुसीबत आने वाली है। अब, वह जिसकी भी किस्मत रही होगी लेकिन तुम्हारा ढाका में एक्सीडेंट होना और तुम्हारा

व्यवसाय बंद हो जाने के बाद P.I.A में नौकरी करना, ये सब घटना संयोग नहीं था, बल्कि खुदा हमें आज के दिन के लिए तैयार कर रहा था।

यह सुनकर अब्बू और अम्मी दोनों रोने लगे और सबसे पहले उन्होंने खुदा का शुक्र अदा किया। इसमें कोई शक नहीं की उससे बड़ा योजनाकार (Planner) कोई हो ही नहीं सकता। असर की नमाज पढ़ कर अब्बू और अम्मी ने सामान पैक किया और फिर तांगे का इंतज़ाम करने निकल गए।

उस आदमी के पास जाकर अब्बू ने कहा, भाई, होटल तक जाने के लिए तांगा करा दो, हम आज ही जाएंगे। उसने तांगे का प्रबंध करा दिया और तांगे वाले को रास्ता भी समझा दिया। अब्बू, अम्मी और नानी बच्चों को लेकर तांगा पर सवार हो गए। हम बच्चों को सब कुछ नया और अच्छा लग रहा था, तांगा की यात्रा का आनंद लेते हुए हम लोग होटल की ओर बढ़ने लगे। कुछ देर बाद तांगा होटल तक पहुंच गया।

अब्बू ने सब को तांगे से उतारा और होटल के अंदर दाखिल हुए। वहां वेटर ने अब्बू को रोका और पूछा कि किससे मिलना है। वह शायद हमारे हुलिए से अंदाजा लगाने की कोशिश कर रहा था। अब्बू ने कहा कि मैनेजर साहब से मिलना है, और उसको कार्ड दिया। उसने रिसेप्शन पर बैठे एक व्यक्ति को ये कार्ड दे दिया। उसने जाकर मैनेजर को बताया, मैनेजर खुद बाहर आ गए, और कहा हां, P.I.A के लोग यहीं आ रहे हैं, किसी को बोलने की जरूरत नहीं कि आप लोग कहां से आए हो। कितने कमरे चाहिए आपको।

अब्बू ने कहा दो कमरे चाहिए।

मैनेजर ने एक कमरा डबल बेड और दूसरा ट्रिपल बेड वाला दे दिया, आमने सामने पहली मंजिल पर और कहा कि यहां खाना भी मिलता है। आप लड़के को बोल देना वह कमरे में खाना लाकर दे देगा।

अब्बू सब को लेकर ऊपर चले गए। बढ़िया होटल था, कमरे एक दूसरे के आमने-सामने थे। एक कमरे में अब्बू, अम्मी और फौजिया रुक गई और दूसरे में नानी के साथ सभी बच्चे थे। नदीम, रेहान और नाजिया हर चीज को छू कर देख रहे थे, और हर चीज़ के बारे में पूछ रहे थे। कभी बिस्तर, कभी सोफा, कभी मेज। ये तीनों बच्चे खुशी से उछल रहे थे, अब्बू ने भी हमें खुश होने दिया। अचानक रेहान ने पूछा, "यह क्या है" पहली बार बच्चा खुद से बोला था। अब्बू ने खुश होकर कहा कि यह सोफा है और वह सोफे को "पोपा" बोल कर उछलने लगा और हम लोग उसकी मासूमियत पर खुश होते रहे। उस रात जब वेटर खाना लेकर आया तो वह परेशान हो गया। क्योंकि हमारा एक ही ऑर्डर तीन बार था। खाना खाने के बाद नानी के पास बच्चों को सुलाकर जब अब्बू अपने कमरे में वापस आए तो अम्मी से कहा कि देखो कल ऑफिस जाता हूं, क्या बोलते हैं ये लोग, और हां जरा लिफाफा खोलो तो देखें कि उसमें कितना पैसा है। लिफाफा खोला तो उसमें 48,000 रुपए थे। अब्बू ने दो हजार कैंप में निकाले थे यह उनके वेतन और बोनस के कुछ पैसे दिए थे। अब्बू ने 3,000 रुपए और निकाले और अम्मी से कहा की इसको संभाल कर रखो पता नहीं कितने दिन और होटल में रहना पड़ेगा, फिलहाल तो खुदा ने खाने-पीने और रहने का इंतजाम कर दिया है। आगे खुदा मालिक है।

दूसरे दिन अब्बू ने मैनेजर से कहा कि मेरे बीवी और बच्चे कमरे में हैं। मैं ऑफिस हो कर आता हूं। कृपया उनका ख्याल रखिएगा और खाना-पीना पुछ लीजिएगा। मैं आकर हिसाब कर लूंगा। मैनेजर ने कहा, आप निश्चिंत होकर जाएं। अब्बू ने सभी को एक कमरे में रहने को कहा। फिर वह होटल से बाहर निकले, तांगा किया और P.I.A कार्यालय की ओर निकल गए। कार्यालय पहुंचने पर अब्बू को काफी सारे टेबल और कागजी काम करना पड़ा और फिर उन्हें वो कागज भी दिया जो लाहौर कैंप में मिला था। उसके बाद अब्बू का कार्ड बना दिया गया, जिस पर लिखा था, "कार्यरत युद्धबंदियों का पुनर्वास"।

उसके बाद अफसर ने पूछा कि लाहौर में रहना है या कराची में।

अब्बू ने कहा कराची में।

फिर अफसर ने पूछा कब जाना है,

अब्बू ने कहा दो दिन बाद का करा दें। मैं एक दिन बच्चों को लाहौर दिखाना चाहता हूं, साथ ही ईद की खरीदारी भी करना चाहता हूं। जब हम आजाद हुए तो रमजान चल रहा था।

अफसर ने कहा, ठीक है कल सुबह हमारे एयरलाइन कार्यालय में जाकर टिकट ले लेना। साथ ही उन्होंने एयरलाइन के कार्यालय का पता भी दे दिया और कहा, कराची पहुंचकर दो दिन बाद कराची ऑफिस में रिपोर्ट कर देना ताकि तुम अपना चार्ज संभाल सको।

यह सुनकर मानो जैसे मेरे अब्बू के कदम खुशी से लड़खड़ाने लगे और जैसे शरीर में खून का प्रवाह बढ़ गया। अभी तक उन्हें यकीन नहीं हो रहा था कि वह इतनी लंबी यात्रा करके आए हैं। न सिर्फ आज़ाद हैं बल्कि खुदा ने उन्हें रोजी-रोटी के साथ आजाद कराया है। न किसी के मोहताज हुए और न ही किसी से मदद मांगनी पड़ी। खुदा बड़ा मददगार था। अब्बू वापस होटल आ गए।

ऑफिस के कागजी कार्रवाई में आधा दिन बीत गया था और रमजान चल रहा था। हममें से कोई भी रोजा नहीं था, लेकिन फिर भी अब्बू ने वेटर से कहा कि शाम को हमें यहां की इफ्तारी कराना अच्छे से। इफ्तार के बाद हम लोग होटल के आस-पास के इलाके का भ्रमण करने निकल गए। हम बच्चों को छोटे-मोटे खिलौने दिलवाए गए। बच्चे बहुत खुश थे, वह हर चीज को हैरत से देख रहे थे, लेकिन कोई भी बच्चा न भाग रहा था न जिद्द कर रहा था बस अब्बू-अम्मी से चिपके हुए थे। क्योंकि उन बच्चों के भीतर डर अभी बाकी था। दूसरे दिन

अब्बू ने हम बच्चों को तांगे से लाहौर घुमाने ले गये। होटल मैनेजर ने हमारी बहुत मदद की। हम बच्चों को शाम को होटल में छोड़ कर अब्बू, अम्मी को लेकर पहले एयरलाइन कार्यालय ले गए, वहां से टिकट लिया और फिर बाजार में सबके लिए ईद की खरीदारी की और घर में पहनने के लिए कपड़े खरीदे। सुबह 3 बजे की फ्लाइट थी, इसलिए अब्बू-अम्मी ने जल्दी-जल्दी खरीदारी की, एक दो सूटकेस लिया, आखिरकार हम हवाई यात्रा करने वाले थे। हमारे पास सामान में कपड़ों की गठरी और एक काले ट्रंक के अलावा कुछ भी नहीं था। हां, वह तकिया जरूर साथ था।

अब्बू ने अम्मी से कहा कि कराची जाने के बाद हम अपने रिश्तेदारों के घर पर उतने ही दिन रुकेंगे, जितने दिन हमें घर किराए पर लेने में लगेंगे। वहां जाकर जो सामान चाहिए उसकी लिस्ट बना लेना हम धीरे-धीरे सभी चीजें ले लेंगे।

अम्मी ने कहा कि हमें बर्तन नहीं लेना है, क्योंकि जब आपने हमें पश्चिमी पाकिस्तान से पूर्वी पाकिस्तान वापस बुलाया था, तब मैंने बर्तन नहीं बेचे थे, उसे भाई के पास दो बोरों में रखकर आ गई थी।

अब्बू ने कहा कि यह भी खुदा की तरफ से था जो तुम को यह खयाल आया।

हमने रात 9 बजे ही खाना खा लिया और सोने चले गए क्योंकि हमें रात 1:30 बजे हवाई अड्डे पहुंचना था। अब्बू ने शाम को ही अम्मी के फूफीजाद भाई लुकमान मामू और चचेरे भाई अशफाक मामू को टेलीग्राम भेजा दिया था कि हम कल रात को आ रहे हैं, लेकिन यह बताना भूल गए थे कि कैसे आ रहे हैं यानी ट्रेन से या हवाई जहाज से, और किसी को उम्मीद भी नहीं थी कि हम हवाई जहाज से आएंगे। इसलिए लुकमान मामू हमें रेलवे स्टेशन लेने गए थे। अम्मी के चचेरे भाई अशफाक मामू का पता अब्बू को याद था क्योंकि उनके घर के सामने अंबर सिनेमा था। (ये वही मामू थे जो बांग्लादेश में हमारे साथ रहते थे और ढाका के पतन से पहले कराची आ गए थे।) यह हमें याद है कि

रमजान की 27वीं रात थी और रात के 01:30 बजे हम हवाई अड्डे पर पहुंचे और सभी प्रक्रियाएं पूरी करने के बाद हम उड़ान की ओर बढ़ने लगे। हम बच्चों की हैरत खत्म ही नहीं हो रही थी। इस बार जब हम यात्रा कर रहे थे, तो हम सभी के शरीर पर नए कपड़े थे और हमारे सामान में दो सूटकेस और वह ट्रंक था, और अम्मी के हाथ में एक सुंदर सा बैग और एक सुंदर प्लास्टिक की टोकरी थी जिसमें फौजिया के दूध का सामान और बच्चों का खाने-पीने का सामान था, जो यह एहसास दिला रहा था कि अब हम आज़ाद हैं और आज़ादी की हमारी यात्रा अब शुरू हो रही है। विमान में चढ़ने के बाद, विमान उड़ान भरने की तैयारी कर रहा था, और अब्बू सोच रहे थे कि यह नई भूमि, जिसे हम अपना घर बनाने जा रहे हैं, पता नहीं हमारा स्वागत कैसे करेगी। विमान ने उड़ान भरी, हमारे जीवन का एक नया अध्याय शुरू हो रहा था, और आजादी की यह यात्रा अब्बू-अम्मी के जीवन का बहुत लम्बा और थका देने वाला सफर था।

*****

सारांश

मेरे अब्बू की उम्र 33 साल और मां की उम्र 27 साल थी। जब उन्हें उस कैद से रिहाई मिली थी। कराची आने के बाद P.I.A ने न केवल अब्बू की नौकरी बहाल कर दी, बल्कि ढाई साल का वेतन और बोनस भी दिया, जिससे हमारा अपना घर बन गया। सरकार ने सभी कैदियों के बच्चों को साल के बीच में ही स्कूलों में दाखिला दिलवा दिया। खुदा का शुक्र है कि हमने कराची के सबसे बड़े स्कूल में शिक्षा हासिल की। मेरे अब्बू ने ढाका में 700 रुपये से और कराची में 1,500 रुपये से अपनी नौकरी दुबारा शुरु की थी। उनकी हमेशा ये इच्छा रही कि जब भी वह भारत जाएं तो एक बार मेरठ आर्मी कैंप जरूर जाएं। वह तीन बार भारत आए, लेकिन संयोग ऐसा रहा कि वह कभी मेरठ नहीं जा सके।

मेरे अब्बू अपनी मां यानी मेरी दादी "मैमूना खातून" से दोबारा कभी नहीं मिल सके। 1977 में, मेरे अब्बू, मेरी अम्मी नजमा खातून और भाई-बहन रेहान, नाज़िया और फौजिया के साथ। अपने अब्बा यानी मेरे दादा डॉ शमसुज्मां खान से मिलने "बरनवा" अपने घर गए जहां पुराने लोगों से मुलाकात की और अपनी बुआ (गूंगी बुआ) जिन की गोद में खेले थे, उनसे भी मिले। अपने वालिद (मेरे दादा) और भाई नसीम खान (मेरे चाचा) से मुलाकात की। फिर मेरी अम्मी के साथ पटना आ गए सब्जी बाग इस्माइल मंजिल मेरी अम्मी के घर, वहां मेरे अब्बू-अम्मी ने अपने चाचा डॉ0 इदरीस खान और दूसरे चाचाओं से मुलाकात की और मेरी अम्मी ने उस कमरे को खोला जिसमें उनका जन्म हुआ था और मेरी नानी अनीसा खातून के साथ रहती थी।

मेरी नानी कभी भी वापस इंडिया नहीं जा सकी और न ही अपने घर वापस आ सकी और भारत नहीं जाने का दुख लिए 1988 में उनका निधन हो गया। मेरे अब्बू दुबारा 1992 में मेरी अम्मी, बहन ऐनी (जो कराची में पैदा हुई थी) के साथ इंडिया आए मुझसे मिलने और मेरी बेटी माहीन से मिलने।

मेरी शादी 1990 में हुई थी और शादी से एक साल पहले मेरा भाई रेहान और मैं इस्माइल मंज़िल में एक शादी में शामिल होने आये थे। उसके बाद, आखिर बार मेरे अब्बू फौजिया, नाज़िया और अम्मी के साथ 1999 में इंडिया आए। मेरे बेटे यूसुफ और इस्माइल से मिलने, लेकिन संयोग रहा कि कभी मेरठ जाने का कोई प्रोग्राम नहीं बन सका। मेरे भाई नदीम की शादी भी भारत में हुई और वह तीन बार भारत आया, लेकिन सिमी आपा हमारी सबसे बड़ी बहन कभी भी भारत नहीं आ सकीं। उनको समय और परिस्थितियों ने इजाजत ही नहीं दी लेकिन उम्मीद अभी भी बाकी है।

जब तक अब्बू जीवित रहे, उनकी ख्वाहिश रही के वो अपना अंतिम समय भारत में बिताए, लेकिन जीवन ने वो अवसर ही नहीं दिया। जब कराची में मुहाजिर कौमी मूवमेंट शुरू हुआ, तो मेरे अब्बू को मैंने पहली बार डरते हुए देखा और अपने बेटों के लिए चिंतित देखा। वह इतना भयभीत हो गए थे कि उन्होंने कहा कि सभी लोग कागजात और गहने एक बैग में रख कर हर समय तैयार रहो, न जाने स्थिति कब विपरीत मोड़ ले ले। अब्बू के अंतिम 6 वर्ष बिस्तर पर बीते और उस समय ही उन्होंने मुझे 2012 में यह किताब लिखने के लिए कहा क्योंकि मैं हर समय उनसे मैजिक स्लेट के बारे में बात करके बीते हुए समय की कहानी सुनती थी। मैंने कोशिश कि की उनको भारत ला सकूं लेकिन डॉक्टरों ने इसकी इजाजत नहीं दी। वह चाहते थे कि मैं ये किताब उनके जीवनकाल में लिखूं, लेकिन समय ने उनको मोहलत नहीं दी, न मुझे फुरसत। अंततः 13 जनवरी 2013 को वे इस दुनिया से चले गये। अपने जीवन की इस

कहानी को किताब के रूप में देखे बिना। उनके जाने के बाद, मेरी अम्मी नजमा खानम के आग्रह पर, मैंने साहस कर के इस किताब को लिखने का प्रयास किया। क्योंकि मेरे अब्बू की यह आखिरी इच्छा थी कि उनके जीवन की आत्मकथा जो उन्होंने युद्ध और बंदी के रूप में गुजारा था एक किताब की शक्ल में दुनिया के सामने आए जिसमें शांति, सद्भाव, प्रेम, भाईचारा और अपनी मिट्टी से मोहब्बत अपनों से बिछड़ने का दुख और अपनों से मिलने की खुशी का एहसास हो, और अंततः अम्मी की मदद से, इस दास्तान को किताब की शक्ल देने में सफल हो सकी।

इसमें कोई संदेह नहीं कि भारत सरकार ने हम नागरिक युद्धबंदियों के साथ बहुत अच्छा व्यवहार किया था और तत्कालीन पाकिस्तानी सरकार ने उन लोगों को फिर से पुनर्वास में मदद की थी, लेकिन हां बहुत से लोग ऐसे भी थे जो हमारी तरह भाग्यशाली नहीं थे और आज भी बांग्लादेश के कैंप में पड़े हैं, जो अब एक बस्ती का रूप ले चुका है, और बहुत से लोगों ने पाकिस्तान पहुंचने के बाद भी बहुत संघर्ष किया, फिर से अपने सिर पर एक छत बनाने के लिए बहुत मेहनत की।

आज जब मैं हर जगह अराजकता देखती हूं तो सोचती हूं कि वो कैद अच्छी थी या ये आजादी। उस कैद में प्यार, इंसानियत, भाईचारा तो था, आज ये सब मिलना बहुत मुश्किल हो गया है। नफरत, मुहब्बत पर भारी होती जा रही है। मानव जीवन सस्ता होता जा रहा है और हर व्यक्ति केवल अपने बारे में ही सोच रहा है, न जाने हमारी आने वाली पीढ़ियों के जीवन में क्या लिखा है, क्योंकि आने वाले कल को आज की इसी पीढ़ी को लिखना है। अब वह कौन सा कलम इस्तेमाल करते हैं यह तो समय ही बताएगा।

*****

www.ingramcontent.com/pod-product-compliance
Lightning Source LLC
LaVergne TN
LVHW041948070526
838199LV00051BA/2948
* 9 7 8 9 3 6 7 8 3 7 0 4 7 *